NAME: Justus Jonas
FUNKTION: Erster Detektiv
FRAGEZEICHENFARBE: weiß
BESONDERE MERKMALE: das Superhirn der drei ???; Meister der Analyse und Wortakrobatik; erstaunlich schneller Schwimmer; zu Hause auf dem Schrottplatz von Tante Mathilda und Onkel Titus; zupft beim Nachdenken an seiner Unterlippe
IST FAN VON: Tante Mathildas Kirschkuchen und Denksport aller Art

NAME: Peter Shaw
FUNKTION: Zweiter Detektiv
FRAGEZEICHENFARBE: blau
BESONDERE MERKMALE: für körperliche Herausforderungen immer zu haben, dafür kein Ass in der Schule; großer Tierfreund; Spezialist für Schlösser aller Art, die seinem Dietrichset einfach nicht standhalten können; neigt zu Vorsicht und Aberglauben
IST FAN VON: schnellen Autos (insbesondere seinem MG), der südkalifornischen Sonne, so ziemlich jeder Sportart

Die drei ???®

Die drei ???®
und der Mottenmann

erzählt von Christoph Dittert

Kosmos

Umschlagillustration von Silvia Christoph, Berlin
Umschlaggestaltung von eStudio Calamar, Girona, auf der Grundlage der Gestaltung von Aiga Rasch (9. Juli 1941 – 24. Dezember 2009)

FSC® www.fsc.org
MIX
Papier aus verantwortungsvollen Quellen
FSC® C014496

Gedruckt auf chlorfrei gebleichtem Papier

ISBN 978-3-440-15495-3
Redaktion: Annemarie Chiappetta
Lektorat: André Marx und Nina Schiefelbein
Produktion, Layout und Satz: DOPPELPUNKT, Stuttgart
Druck und Bindung: GGP Media GmbH, Pößneck
Printed in Germany / Imprimé en Allemagne

Die drei ???®
und der Mottenmann

Ein entsetzlicher Anruf

Das Telefon klingelte in der Zentrale. Justus, der Erste Detektiv der drei ???, meldete sich, doch der Anrufer ließ ihn nicht aussprechen. »Kommt zu mir, Jungs, schnell ... und helft mir!« Panik lag in der Stimme, die aus dem Lautsprecher des Telefons drang. Justus versuchte sie zuzuordnen. Sie gehörte einem alten Mann, so viel stand fest. »Es ist entsetzlich!«, sagte der Anrufer.

Der Erste Detektiv warf seinen Freunden einen Blick zu. »Nun beruhigen Sie sich bitte, Mr ...?«

Der Mann am anderen Ende der Leitung reagierte nicht auf den fragenden Tonfall. Stattdessen sagte er erneut: »Es ist entsetzlich!«

»Was ist denn überhaupt passiert?«, versuchte Justus es nun. »Droht Ihnen Gefahr, Sir?«

»Ja ... Also ich meine, nein ...«

»Wo sind Sie? Brauchen Sie Hilfe?«

Der Anrufer rang hörbar nach Luft. »Ich ... Ach, entschuldigt, ich muss mich beruhigen. Ich bin so furchtbar erschrocken. Lasst es mich erklären.«

Justus lehnte sich im Stuhl zurück, sodass die Lehne knarzte.

»Jetzt gerade, ich meine, in diesem Moment bedroht mich niemand«, erklärte der Fremde.

»Also besteht keine akute Gefahr«, sagte Justus.

»Jaja, so nennt man das wohl. Das ändert allerdings nichts daran, dass ich mich fürchte. Ich brauche eure Hilfe. Ihr ... Ich meine, ihr seid doch die drei ???, oder? Diese Detektive?«

»Korrekt, Sir.«
»Gut.« Ein nervöses Lachen folgte. »Wäre ziemlich peinlich, wenn ich das jetzt irgendjemandem erzählt hätte. Der könnte mich ja glatt für verrückt halten. Ihr jedoch kennt euch mit seltsamen Phänomenen aus, nicht wahr?«
»In der Tat.«
»Dann kommt zu mir, bitte. Über alles andere können wir unter vier Augen sprechen.«
»Wohl eher unter acht Augen, Sir, wenn wir zu dritt kommen.«
»J-ja. Natürlich. Wann seid ihr bei mir?«
»Dazu müssen wir zunächst wissen, wo Sie wohnen. Wir kennen noch nicht einmal Ihren Namen.«
»Oh. Wirklich? Entschuldigt. Vor Schreck ist mir ... Ach, egal. Verzeiht einem alten Mann. Ich gehe stark auf die achtzig zu, wisst ihr? Da vergisst man schon mal das eine oder andere. Ich heiße Mason Huntington.«
»Gut, Mr Huntington. Und könnten Sie uns nicht doch kurz erläutern, worum es genau geht?«
»Ich werde verfolgt! Der Mottenmann ist hinter mir her ... wie schon hinter meinem Vater! Er hat mich gefunden.« Die Stimme zitterte stark bei den letzten Worten. Kein Zweifel, Mr Huntington hatte Angst.
»Der Mottenmann?«, hakte Justus nach. »Was meinen ...«
»Bitte kommt zu mir, dann erzähle ich euch alles.«
»Einverstanden. Wo wohnen Sie?«
Er nannte die Straße. »Wisst ihr, wo das ist?«
»Klar, das ist im Villenviertel.« Die drei ??? kannten Rocky Beach so gut wie ihre Westentasche. Oder wie Justus Jonas den

Schrottplatz, Bob Andrews die hiesige Bibliothek und Peter Shaw sein Surfbrett.
Der Erste Detektiv versicherte, dass sie sich so schnell wie möglich auf den Weg machen würden. »In spätestens einer halben Stunde sind wir bei Ihnen.«
»Danke«, sagte Mr Huntington, um im letzten Augenblick, ehe er die Verbindung unterbrach, noch einmal hinzuzufügen: »Es ist entsetzlich!«
»Was haltet ihr davon?«, fragte Bob, nachdem auch Justus aufgelegt hatte.
»Solange uns weitere Infomationen fehlen, lässt es sich nicht einschätzen«, meinte der Erste Detektiv.
Peter stand auf. »Er hat den Mottenmann erwähnt – ist das nicht irgend so ein Schreckgespenst?«
»Ja«, sagte Bob. »Eine Schauergestalt aus einer Sage, wenn ich mich nicht irre.«
»Da irrst du dich nicht«, erklärte Justus. »Eine Mischung aus Mensch und Motte, mit Flügeln und unheimlich leuchtenden Augen.«
»Schade, wir haben keine Zeit, das genauer zu recherchieren«, sagte Bob. »Aber vielleicht ist es ohnehin gut, erst einmal zu hören, was Mr Huntington zu sagen hat.«
Peter verließ als Erster den Campinganhänger, in dem sich die Zentrale – das Detektivbüro der drei ??? – befand. Seine Freunde folgten. Der Wohnwagen war auf dem Schrottplatz der Familie Jonas unter einem Haufen Gerümpel versteckt. Um hinauszukommen, gingen sie durch einen kurzen Tunnel, der zu einem ausrangierten Kühlschrank ohne Rückwand führte – dem sogenannten Kalten Tor.

Draußen brannte die Sonne auf sie herunter. Die Luft über dem Schrottplatz flimmerte in der Spätnachmittagshitze.
Es war Freitag. Vor ein paar Stunden hatten die drei ??? noch die Schulbank gedrückt und erfahren, dass sie am Wochenende als Hausaufgabe für ihren Geschichtskurs ein Referat zum Thema Stadtgründung von Rocky Beach vorbereiten sollten. Doch daran verschwendeten sie nun keinen Gedanken mehr. Sie schwangen sich auf ihre Fahrräder. Peter trat fest in die Pedale und düste voraus Richtung Villenviertel – hinein in das Abenteuer, das dort hoffentlich auf sie wartete.

Ein hüfthoher Lattenzaun, der den Zutritt auf das Gelände verhindern sollte, umgab die alte Villa von Mr Huntington. Die Klingel befand sich in einer der beiden Säulen eines Metalltors. Darauf saß ein kleiner Steinelefant, der den Besuchern ins Gesicht schaute.
»Der Hausbesitzer scheint einem besonderen Geschmack zu frönen«, kommentierte Justus auf seine geschraubte Art, während er das Tier musterte.
Bob klingelte.
Aus der Sprechanlage knarzte ein »Ja bitte?«.
»Mr Huntington«, sagte der dritte Detektiv. »Wir sind's, die drei ???.«
»Sehr gut! Kommt rein!«
Es summte. Bob drückte das Tor auf und ging voraus. Seine beiden Freunde folgten ihm auf dem Weg, der durch recht gut gepflegte Rasenflächen führte. Unter ihren Füßen knirschte schwarzer Kies. Neben der Villa stand ein Geräteschuppen aus Holz. Ein gläsernes Gewächshaus schloss sich an und endete

bei einer gepflasterten Terrasse. Darauf stand eine riesige Hollywoodschaukel.

Das Anwesen war sicher einmal sehr nobel gewesen, sah mittlerweile allerdings ziemlich in die Jahre gekommen aus. So, als hätten die Hausbesitzer einmal eine Menge Geld gehabt und jetzt nicht mehr.

Ehe sie die Villa erreichten, öffnete sich bereits die Haustür. Ein Mann trat ins Freie. Fingerlange, wuschelige graue Haare hingen ihm in die Stirn. Lachfältchen um die Augen machten ihn sofort sympathisch. Er hatte erwähnt, dass er auf die achtzig zuging, sah aber eher zehn Jahre jünger aus. Die Kapitänsmütze passte nicht richtig zu dem locker fallenden T-Shirt und der blauen Jeanshose ... und schon gar nicht zu den Filzpantoffeln an seinen Füßen. »Gut, dass ihr endlich hier seid!«

»Wir sind so schnell gekommen, wie wir konnten«, sagte Peter freundlich.

Mr Huntington führte die drei ??? ins Haus und dort in ein Wohnzimmer. In den Ecken glänzten vergoldete Stehlampen. An den Wänden hingen Ölgemälde mit Landschaftsbildern. Vor einem davon hing ein weißes Leintuch. Es bewegte sich leicht im Luftzug, denn ein großes Fenster stand offen. Seltsam – musste das Bild vielleicht vor Licht geschützt werden? Die gewaltige Couch jedenfalls wirkte gemütlich. Auf dem Tisch davor standen einige Flaschen Limonade. Mr Huntington wies beiläufig darauf. »Bedient euch. Ich bin wirklich dankbar, dass ihr gekommen seid.« Er wirkte nervös und unruhig.

»Mögen Sie uns nun ausführlich berichten, worum es geht?«, fragte Justus, während Peter eine Limoflasche öffnete und sich

etwas einschenkte. »Sie haben den Mottenmann erwähnt – eine Schauergestalt aus einer Sage.«
»Das denken die meisten, ja. Aber mein Vater hat ihn leibhaftig gesehen, mehrfach sogar … und das hat ihm kein Glück gebracht, im Gegenteil. Er ist vor ihm geflohen, über buchstäblich tausende Kilometer. Und das vor vielen, vielen Jahren. Ich hätte nicht gedacht, dass der Mottenmann mich … jetzt, nach so langer Zeit … aber …« Der alte Mann seufzte. Er ließ die Schultern hängen.
»Sie sagten, der Mottenmann habe Sie gefunden«, meinte Bob.
Mr Huntington nickte. »Die Vergangenheit hat mich eingeholt. Die Vergangenheit meines Vaters. Deshalb habe ich mich an euch gewandt. Weil ihr euch mit …«, er stockte, »… mit seltsamen Erscheinungen auskennt.« Bei diesen Worten sah er sich ängstlich um und warf hektische Blicke über die Schulter, als rechne er damit, dass ein Gespenst durch die Wand trat und ihn angriff.
Als Justus genauer hinsah, fiel ihm auf, dass Mr Huntington das verhängte Gemälde fixierte. »Das stimmt, Sir. Und wir erleben bei unseren Auftraggebern häufig eine Scheu, offen zu berichten, was vorgefallen ist. Ich versichere Ihnen, das ist nicht nötig. Bitte reden Sie völlig frei. Es geht auch um das Bild, das Sie mit dem Laken verhängen?«
»Wie … wie … Ja, das stimmt, aber wie kommst du darauf?«
»Wir sind Detektive. Ich nutze meine Augen und meinen Verstand – das heißt, ich beobachte und spreche auf dieser Basis eine Vermutung aus. Ich hätte mich auch täuschen können. Was hat es mit dem Gemälde auf sich?«

Mason Huntington fiel förmlich in sich zusammen. Die extreme Angst war wieder da, wie vorhin am Telefon, als er den Mottenmann erwähnt hatte. Er setzte sich auf die Couch, legte die Hände aufeinander und nestelte nervös mit den Fingern. Er blickte genau auf das Bild. Oder eben das Leintuch. »Schaut es euch selbst an«, schlug er leise vor.
Peter stand dem Bild am nächsten und nahm das Tuch ab. Ein Gemälde mit schlichtem, dunklem Holzrahmen kam zum Vorschein. Es zeigte eine Waldlandschaft. Im Vordergrund lag eine Lichtung, auf der ein Reh zwischen dicht beieinanderstehenden Tannen heraustrat.
Eigentlich eine idyllische, schöne Szene.
Wäre da nicht die seltsame Gestalt gewesen, die hinter einem Baum hervorlugte. Der Stamm verdeckte die Beine, aber die obere Hälfte war deutlich zu sehen – ein menschenartiges Wesen mit schwarzem Körper und Kopf. Die runden, zu großen Augen im dunklen Gesicht leuchteten rot. Das Wesen breitete die Arme aus, nein, vielmehr die Flügel, denn an den Schultern setzten breite Schwingen an! Sie waren nicht gefiedert wie bei einem Vogel, sondern hauchdünn, grau und stumpf wie eben bei einer Motte.
Der Zweite Detektiv glaubte, auf einen bösen Engel zu schauen. Oder ein schreckliches Mischwesen. Kein Zweifel – das musste ein Bild dieses Mottenmannes sein. »Ein seltsames Gemälde«, sagte Peter. »Wenn Ihnen die Abbildung dieser Horrorgestalt solche Angst einjagt, warum …«
»Warum ich es aufhänge? Ja, versteht ihr denn nicht!«, rief Mr Huntington äußerst erregt, fing sich dann aber etwas. »Ach, natürlich, woher solltet ihr es auch wissen. Dieses Bild

hängt seit vielen Jahren in meinem Wohnzimmer. Aber ohne Mottenmann!«
Bob sah ihn verständnislos an. »Was meinen Sie damit?«
»Er war nie darauf zu sehen – und heute Morgen stand er plötzlich am Rand der Lichtung und starrte mich an.«
Die drei ??? warfen sich verblüffte Blicke zu.
»Ja, ihr habt richtig gehört! Gestern gab es nichts dort zwischen den Bäumen, und nun …« Huntington deutete mit zitterndem Finger auf das Gemälde. »Nun ist er da! Nach all der Zeit hat mich der Mottenmann gefunden!«

»Hüte dich vor dem Mottenmann!«

»Ich verstehe, dass es Sie erschreckt, wenn über Nacht eine beängstigende Kreatur auf einem Bild auftaucht, das seit Jahren in Ihrem Wohnzimmer hängt«, sagte Justus. »Aber glauben Sie mir, dafür gibt es eine logische Erklärung.«

»Und welche sollte das sein?«

»Jemand könnte diese Gestalt daraufgemalt haben«, sagte Bob. »Das müsste sich recht leicht feststellen lassen.« Er fuhr mit dem Finger über das Abbild. »Die Farbe fühlt sich allerdings nicht frisch und auch nicht erhaben an.«

»Und wie stellst du dir das vor?«, fragte Mr Huntington. »Dass irgendwer heute Nacht eingebrochen ist und in aller Seelenruhe den Mottenmann auf das Ölbild gezeichnet hat? Während ich oben geschlafen habe? Unfug!«

»Es erscheint mir wahrscheinlicher als die Vorstellung, dass der Mottenmann von alleine aufgetaucht ist«, erwiderte Bob.

»Ich muss euch etwas erklären«, sagte der alte Mann. »Aber nicht hier. Kommt mit in die Küche.«

»Wieso?«

»Ich ... ich ... A-also, ich bin nicht gerne in der Nähe des Gemäldes. Schon gar nicht ohne die Abdeckung.«

Bob legte das Leintuch wieder darüber.

Mr Huntington nickte ihm dankbar zu. »Ich dürft es nachher von mir aus untersuchen, wenn ihr das dann immer noch für sinnvoll haltet, aber zuerst solltet ihr mir zuhören, um alles richtig einzuschätzen.«

»Einverstanden«, sagte Justus.

Mr Huntington führte seine Gäste in die Küche. Neben dem Fenster hing eine etwa zwanzig Zentimeter große Figur eines halben Elefanten. Es sah aus, als würde das Tier gerade durch die Wand brechen. Darunter stand ein kleines Beistelltischchen mit nur zwei Stühlen. »Leider kann ich euch nicht allen einen Platz anbieten.«

»Wir stehen gerne«, versicherte Peter. »Setzen Sie sich nur und erzählen Sie.«

»Der Mottenmann.« Huntington seufzte. »Habt ihr je von ihm gehört, ehe ich ihn erwähnt habe?«

»Das schon«, sagte Bob, »aber leider kennen wir keine genauen Hintergründe. Weil wir versprochen hatten, rasch zu Ihnen zu kommen, konnten wir auch nichts im Vorfeld recherchieren.«

»Mein Vater hat mir immer von ihm erzählt. Versteht ihr, so wie in anderen Familien vom schwarzen Mann geredet wird. Oder vom Schreckgespenst, das im dunklen Keller haust und erst verschwindet, wenn man das Licht einschaltet. Oder das vielleicht durch die Treppe greift, während man hinaufläuft, und einen am Bein packt.«

Peter fühlte sich bei diesen Vergleichen unbehaglich. »Und was unterscheidet den Mottenmann von diesen anderen Gestalten?«

»Wer den Mottenman sieht, dem widerfährt Unglück«, sagte Mr Huntington todernst. »Das ist das eine. Aber der wichtigste Unterschied ist, dass es den Mottenmann wirklich gibt!«

»Unglück, wie es auch Ihrem Vater geschehen ist«, vermutete Justus. »Richtig?«

»Richtig, Justus.«

»Was genau hat Ihnen Ihr Vater erzählt?«, fragte Bob.

Ein langsames, bedächtiges Nicken folgte. Der Atem des alten Mannes rasselte etwas, ehe er sich lautstark räusperte. »Mein Vater hieß Jacob Huntington. Er wäre heute fast einhundertzwanzig Jahre alt. Vor gut neunzig Jahren, also über zehn Jahre vor meiner Geburt, auf einer Seereise, ist er dem Mottenmann begegnet. Leibhaftig.«

»Auf dem Meer?«

Ein hastiges Kopfschütteln. »Nein. Am Ziel der Reise. In einer kleinen Hafenstadt in Kanada. Port Hardy, die Stadt gibt es bis heute. Damals war sie noch eine recht junge Siedlung. Mein Vater hat mir sehr oft von seinen Reisen erzählt – er war wohl das, was man einen alten Seebären nennt, und ja, er hat dabei auch eine Menge Seemannsgarn gesponnen. Kennt ihr diesen Ausdruck?«

»Er bedeutet«, sagte Justus, »dass man übertreibt und die Wahrheit sehr frei ausschmückt. Oder gleich völlig erfundene Geschichten zum Besten gibt.« Er zögerte. »Zum Beispiel von irgendwelchen Schreckenswesen.«

»Aber dieser Fall liegt anders«, gab sich Huntington überzeugt. »*Junge*, hat mein Vater immer gesagt, *Junge, wenn du mir sonst nichts glaubst, hast du vielleicht recht, aber den Mottenmann habe ich wirklich gesehen*. Und dann fügte er mit dumpfer Stimme etwas hinzu, bei dem mir noch heute ein Schauer über den Rücken läuft, sobald ich nur daran denke: *Hüte dich vor dem Mottenmann!*«

Nun setzte sich Justus doch hin, Mr Huntington gegenüber. »Also ist dieses Wesen das Schreckgespenst Ihrer Kindheit.

Eine Schauergestalt, die jedem, der sie sieht, Unglück bringt. Und vor der Ihr Vater geflohen ist.«

Sie wussten nun, wieso das Auftauchen der Figur auf dem Ölgemälde Mr Huntington derart außer Fassung brachte. Es änderte jedoch nichts an der Überzeugung der drei ???, dass irgendjemand den Mottenmann auf das Bild gemalt hatte, auch wenn sich Bobs erster Untersuchung zufolge die Farbe nicht frisch anfühlte.

Aber warum?

»Sir, lassen Sie uns das Gemälde untersuchen«, bat Bob. »Ich bin sicher, dass wir dort Spuren entdecken, die uns Rückschlüsse ermöglichen …«

Weiter kam er nicht.

Ein lautes Rumpeln und Krachen ertönte von draußen. Glas splitterte.

»Was …«, setzte der Hausbesitzer an, doch die drei ??? stürmten bereits zurück in den Flur und ins Freie.

»Das Gewächshaus!«, rief Justus. »Die Richtung passt genau!« Sie eilten um die Hausecke …

… und sahen sofort, dass Justus' Vermutung stimmte. Sie blickten auf ein Bild der Verwüstung. Die Tür des Geräteschuppens war aus den Angeln gerissen. Sie baumelte schief herab, eine Ecke schabte über den weichen Boden. Im Gewächshaus daneben hingen bei zwei Glasscheiben nur noch gezackte Reste im Rahmen. Splitter verteilten sich rundum auf dem Boden. Mittendrin lag eine Gartenhacke – wahrscheinlich das Werkzeug, um die Scheiben zu zertrümmern.

»Aber … Nein! Oh nein!«, hörte Justus Mr Huntington rufen. Leichenblass wankte der alte Mann aus der Tür. Er

schnappte nach Luft und hatte den rechten Arm vor den Brustkorb gehoben.
»Kümmer du dich um ihn, Justus«, sagte Peter. »Bob und ich sehen uns um. Der Täter muss noch in der Nähe sein!« Der Zweite Detektiv spurtete los, um hinter dem Geräteschuppen nachzuschauen.
Bob linste zunächst vorsichtig durch die Schuppentür und ging dann hinein. »Niemand zu sehen!«, rief er.
Der Erste Detektiv stützte inzwischen Mr Huntington und führte ihn ins Haus zurück. Im Flur setzte er ihn auf einen Stuhl, neben dem ein altmodisches Telefonschränkchen stand. Der Hausbesitzer keuchte und sah aus, als würde er jeden Moment ohnmächtig werden. »Das war er«, flüsterte er. »Das war er!«
»Sie meinen den Mottenmann?«, fragte Justus.
»Wer sonst?«
Dem Ersten Detektiv fielen auf Anhieb eine Menge Möglichkeiten ein, die ihm plausibler erschienen als das handfeste Eingreifen einer Schauergestalt, die nur als Bild auf einem Ölgemälde existierte. »Ein Einbrecher oder vielleicht irgendjemand, der ...«
Mr Huntington presste die Hände an die Schläfen. »Entsetzlich.« Er holte noch hastiger Luft.
»Beruhigen Sie sich«, bat Justus. »Wir beschützen Sie. Sie müssen langsamer und tiefer atmen, sonst hyperventilieren Sie. Meine Kollegen suchen das Grundstück ab. Zunächst ist die Gefahr vorüber. Wer immer der Schurke war – offenbar ist er geflohen.«
»Da kennst du den Mottenmann schlecht. Ruf deine Freunde

ins Haus! Sie dürfen ihn nicht sehen! Schon das würde genügen, dass Unglück auf sie wartet!«
»Wir haben keine Angst davor«, versicherte Justus.
»Ruf sie zurück!«, beharrte Mr Huntington.
»Wir werden alles auf Spuren untersuchen und …«
»Ich hätte euch nie in die Sache hineinziehen dürfen. Es tut mir leid. Ich … ich mache es wieder gut.«
»Sie haben genau das Richtige getan, Sir. Wer immer die Zerstörung angerichtet hat, es war garantiert nicht der Mottenmann.« Ihm kam eine verrückte Idee, mit der er Mason Huntington vielleicht beruhigen konnte, so unlogisch es auch klang. Manchmal musste man sich den verdrehten Gedanken von anderen anpassen. »Schließlich ist er auf dem Gemälde. Da kann er nicht gleichzeitig draußen herumspazieren.«
»Das denkst du, aber da wäre ich mir nicht so sicher.«
Dem Ersten Detektiv schoss ein Gedanke durch den Kopf. »Ich bin gleich zurück!« Er eilte los, riss die Tür zum Wohnzimmer auf und blieb wie angewurzelt stehen.
Eine der Stehlampen war umgefallen und lag halb auf dem Tisch. Sie hatte die Limoflaschen umgestoßen. Eine war über die Kante gekippt und am Boden zerbrochen. Eine große, schäumende Pfütze breitete sich auf dem Teppich aus.
Wieso war die Lampe umgestürzt?
Jemand musste sie umgeworfen haben. Hielt sich der Fremde noch immer im Zimmer auf? Justus schaute sich um. Es gab kein Versteck, nicht einmal einen Schrank, der groß genug gewesen wäre, um sich hineinzuquetschen.
Aber das Fenster!
Es stand nach wie vor offen. Der Erste Detektiv sah ins Freie.

Niemand zu sehen. War hier jemand eingedrungen und wieder verschwunden, während sie die Ursache des Lärms beim Gewächshaus untersucht hatten? Das Fenster lag genau auf der gegenüberliegenden Seite des Hauses. Möglich wäre es also. Zunächst ging Justus allerdings zu dem abgedeckten Gemälde und hob das Leintuch. »Das darf doch nicht wahr sein«, flüsterte er.

Verschwunden!

Bob verließ den Geräteschuppen. »Peter? Hast du irgendwas gefunden?«

»Komm mal her!« Peter stand vor einem Beet mit dunkler, nasser Erde, aus der erste grüne Spitzen lugten. Schnittlauch vielleicht. Mittendrin war ein tiefer Fußabdruck. Dahinter auf dem Rasen gab es einen matschigen Abdruck, ein Stück weiter einen zweiten, kaum noch erkennbar.

»Jemand ist hier langgerannt, ins Beet getreten, dann mit dem schmutzigen Schuh aufs Gras.« Die Laufrichtung wies zu einer Hecke, die das Grundstück auf dieser Seite begrenzte. Sie stand allerdings nicht sehr dicht, man konnte sich leicht hindurchquetschen.

Genau das taten die beiden Freunde. Dahinter verlief ein breiter Fußgänger- und Fahrradweg, gegenüber begann der von Rosen gesäumte Park des großen Nachbargrundstücks. Das Sträßchen war leer, von einem abgestellten Fahrrad abgesehen. Leider gab es hier keine sichtbaren Fußabdrücke mehr.

»Da sind wir wohl zu spät gekommen«, meinte Bob frustriert. »Wir müssen die Bewohner der angrenzenden Villen befragen, ob ihnen etwas aufgefallen ist.«

»B-Bob!«, stammelte Peter.

»Hm?«

Der Zweite Detektiv sah ihn an und flüsterte: »Lass dir nichts anmerken. Links von mir, drei oder vier Häuser weiter. Neben dieser Löwenstatue bei der Einfahrt. Dort kauert ...«, er stockte kurz, »... jemand. Etwas. Es versteckt sich.«

»Es?«, sagte Bob ebenso leise, während er vor allem Peter anschaute – aber auch mit unauffälligen Blicken die Vorgärten absuchte. Und tatsächlich entdeckte er die Gestalt.
Sie war dunkel.
Und sogar aus dieser Entfernung konnte man die großen, rot leuchtenden Augen nicht übersehen.
Das Wesen erhob sich und breitete die Arme aus.
Nein – die Flügel!
Graue, stumpfe Mottenflügel!
»Wer sind Sie?«, rief Bob. Der Mottenmann? Das konnte doch nicht sein. Das war …
Der Zweite Detektiv stand wie angewurzelt und starrte die geheimnisvolle Erscheinung an. Auch diese verharrte noch kurz, schaute die Jungen mit glühenden Augen stumm an. Ein Luftzug ließ die Flügel flattern. Dann wandte sich das Wesen ab, eilte über die breite Einfahrt, an einer Garage vorbei und verschwand hinter der Villa.
Jetzt rannten auch die beiden Freunde los, aber als sie bei dem Grundstück ankamen, war niemand mehr zu sehen. Peter und Bob spurteten um das Haus herum und landeten vor einer großen Marmorterrasse, auf der wie bei der Einfahrt Löwenstatuen Wache hielten.
»Weg«, sagte Bob. »Er muss …«
Ein Fenster wurde aufgerissen. »He!«
Sie zuckten zusammen.
»Was macht ihr hier auf meinem Grundstück? Soll ich die Polizei rufen?«
Schuldbewusst drehten sich die beiden Detektive um.
»Verzeihung!«, rief Peter. »Wir gehen schon.« Er eilte an ei-

nem riesigen Trampolin vorbei zu dem Zaun, der das Grundstück auf der Hinterseite begrenzte. Mit einiger Anstrengung könnte er vermutlich darüberspringen. Genau das hatte der Mottenmann wahrscheinlich getan. Vielleicht würden sie ihn noch entdecken, wenn sie …

»Stopp! Stopp!«, rief die Frau. Sie stützte sich mit beiden Händen auf der Fensterbank ab. An den Fingern hatte sie Farbkleckse, als würde sie gerade eine Wand streichen. »Das ist ja die Höhe! Wollt ihr jetzt auch noch durch meine Blumen latschen und sie zertrampeln? Ihr Vandalen. Van-da-len! Geht gefälligst vorne zurück auf die Straße. Und falls ich euch noch einmal erwische, rufe ich die Polizei! Die ist auf Vandalen gar nicht gut zu sprechen, das kann ich euch flüstern!« Nur dass sie nicht flüsterte, sondern von Satz zu Satz lauter schrie.

Es hätte Peter und Bob kaum überrascht, wenn sie plötzlich eine Schrotflinte hervorgeholt hätte. Die beiden folgten der Aufforderung widerwillig. Es war klar, dass der Mottenmann inzwischen über alle Berge war.

»So ein Mist«, sagte Bob wenig später zu Peter, als sie zur Villa von Mr Huntington zurückgingen.

»Glaubst du, dass wir wirklich den echten Mottenmann gesehen haben? Eine Sagengestalt?«

»Unfug«, meinte Bob, doch er klang nicht so überzeugt, wie er eigentlich klingen wollte.

»Hast du dir den Zaun angeschaut? Man könnte wahrscheinlich darüberspringen«, sagte Peter. »Ich glaube, ich hätte das geschafft.« Er grinste matt. »Zumindest, wenn mich keine Furie aufgehalten hätte.«

»Furie?«

»Sie nennt uns Vandalen. Ich nenne sie Furie.« Der Zweite Detektiv schnippte mit den Fingern. »Unentschieden.«
»Mir kam ein anderer Gedanke«, sagte Bob. »Was, wenn diese Gestalt nicht durch den Garten verschwunden ist?«
»Wohin denn sonst?«
»Vielleicht hatte sie sich nicht zufällig ausgerechnet in diesem Vorgarten versteckt. Kam es dir nicht auch so vor, als hätte die Besitzerin dieser Villa ziemlich übertrieben reagiert? Vielleicht wollte sie ja in Wirklichkeit etwas verbergen. Es ist kein echter Verdacht, aber wir müssen dem nachgehen. Könnte doch sein, dass der Mottenmann in diesem Haus untergeschlüpft ist …«

Sie kehrten in die Villa von Mr Huntington zurück und fanden den Ersten Detektiv im Wohnzimmer vor dem geheimnisvollen Ölgemälde, das wieder mit dem Tuch verhängt war. Er drehte sich zu seinen Freunden um, dabei knetete er seine Unterlippe.
Peter und Bob berichteten kurz, wie sie den Mottenmann gesehen und bis zur Terrasse eines fremden Grundstücks verfolgt hatten, wo sie dann von der »Furie« aufgehalten worden waren. Mr Huntington, der auf der Couch saß und wieder ein wenig Farbe im Gesicht hatte, schüttelte unglücklich den Kopf. »Ihr wart bei Mrs Brankle? Wie schrecklich, dass sie auch noch da mit hineingezogen worden ist!«
»Ihren Namen hat sie uns leider nicht genannt.«
»Es standen Löwenstatuen bei der Einfahrt und auf der Terrasse, richtig? Das kann nur bei den Brankles gewesen sein. Ich kenne alle meine Nachbarn gut, wisst ihr? Wir mögen und

schätzen uns hier gegenseitig sehr.« Er schloss die Augen und presste die Lippen aufeinander. »Aber der Mottenmann wird Unglück über sie alle bringen! Meinetwegen!« Er sah aus wie ein Häufchen Elend.

Justus nickte ihm zu. »Bitte nehmen Sie sich das nicht so zu Herzen, Sir.« Er wandte sich an seine Freunde. »Ihr habt also den Mottenmann gesehen. Das passt ja wie die Faust aufs Auge.«

»Wie meinst du das?«

»Schaut euch das an!« Justus zog das Tuch beiseite und musste nicht lange erklären, worauf er hinauswollte.

»Aber – das gibt's doch nicht«, entfuhr es Peter. Sein Blick huschte nervös zwischen dem Gemälde und Justus hin und her.

Das Bild zeigte die Waldlandschaft mit der Lichtung, das Reh, das gerade zwischen den Tannen hervorkam ... und sonst nichts.

Der Mottenmann war verschwunden!

Peter schnappte nach Luft und fühlte, wie es ihm mit einem Mal kalt den Rücken hinunterlief.

Mason Huntington starrte den Zweiten Detektiv an. »Ihr seht doch, dass es das sehr wohl gibt. Euch ist klar, was das bedeutet?«

»Jemand hat ...«, begann Justus.

»Nicht jemand! Etwas!« Der Hausbesitzer stand auf und lief wie ein Tiger im Käfig auf und ab. Als er die Hand ausstreckte und auf das Bild deutete, zitterte sein Zeigefinger. »Es ist doch eindeutig! Ihr seid Detektive, oder etwa nicht? Muss ich euch wirklich erklären, was passiert ist?«

»Das müssen Sie nicht«, sagte Justus. »Ich kann mir vorstellen, wie das alles auf Sie wirkt.«

»Der Mottenmann hat all die Jahre meinen Vater nicht vergessen. Er hat meinen Vater gesucht und nun mich gefunden! Aus dem Bild hat er mich erst beobachtet, und jetzt ist er herausgestiegen!«

»Das ist …«

Peter fiel Justus ins Wort. »Erster, wir konnten ihn sehen. Draußen.«

»Lasst uns nüchtern nachdenken«, forderte der Erste Detektiv. »Mr Huntington, es soll so wirken, als wäre der Mottenmann aus dem Bild gestiegen. Als wäre er gegen die Stehlampe gestoßen, sodass sie umgefallen und auf den Tisch geschlagen ist. Als wäre er dann durch das Fenster nach draußen gestiegen, um das Gewächshaus zu zerstören und das Grundstück zu verlassen. Praktischerweise hat er dann ganz in der Nähe gewartet, bis meine Freunde ihn gerade noch sehen konnten.«

Mason Huntington war kreidebleich. »Ganz genau so hat es sich abgespielt!«

»So soll es *aussehen*. Verstehen Sie denn nicht? Das ist ein wichtiger Unterschied, Sir.«

»Und das Gemälde? Sieh es dir doch an! Wo ist er jetzt? Sag mir das! War der wundersame Einbrecher von heute Nacht erneut hier – und wie er den Mottenmann aufgemalt hat, so hat er ihn wieder runtergewischt?«

»Natürlich nicht, Sir. Das würde man sofort erkennen und –«

»Untersucht das Bild! Wenn ihr mir beweist, dass es ein Trick war, prima, aber das glaube ich nicht.«

»Und wir«, sagte Justus im Brustton der Überzeugung,

»glauben nicht, dass eine Schauergestalt auf einem Gemälde auftauchen und daraus leibhaftig hervorklettern kann. Richtig, Freunde?«

»Richtig«, sagte Bob.

Peter schwieg einen Moment, dann ergänzte er hastig: »Äh, klar, richtig.«

»Sie haben uns angerufen«, meinte Justus, »weil Sie uns um Hilfe bitten wollten. Wenn Sie das noch immer möchten, stehen wir bereit.« Er zog eine Visitenkarte aus der Hosentasche und reichte sie dem völlig aufgelösten Mann.

»Sicher will ich eure Hilfe. Allerdings gibt es Dinge, die ihr noch nicht wisst. Ihr müsst erst in vollem Umfang hören, welches Risiko ihr eingehen würdet.«

»Das halte ich für eine sehr gute Idee«, sagte Bob. »Wir müssen die Hintergründe kennen. Was genau hat Ihr Vater damals mit dem Mottenmann erlebt?« Womöglich lag der Schlüssel, um die Ereignisse zu verstehen, in die sie eben selbst hineingezogen worden waren, in der Vergangenheit. Wie war Mason Huntingtons Vater damals auf den Mottenmann gestoßen?

Warum hatte er sich verfolgt gefühlt? Wieso konnte das heute, fast hundert Jahre später, noch Auswirkungen haben?
»Aber ihr dürft nicht den Fehler begehen, etwas von vornherein für unmöglich zu halten«, forderte Mr Huntington.
Die drei ??? wechselten rasche Blicke. »Das versprechen wir Ihnen«, sagte Justus schließlich. »Um die Wahrheit zu finden, muss man eine Situation ohne Vorurteile betrachten. Alle Informationen sammeln. Und die richtigen Schlüsse ziehen.«
»Dann bitte ich um eure Hilfe – falls ihr auch nach meinem Bericht noch für mich arbeiten wollt. Die Entscheidung liegt bei euch. Vielleicht findet ihr heraus, warum der Mottenmann ausgerechnet jetzt aufgetaucht ist und wie ich ihn wieder loswerden kann. Ihr sollt alles erfahren, was ich von meinem Vater über dieses Wesen weiß. Leider wurden wir in der Küche ja unterbrochen.«
»Äh, Justus«, sagte Bob, der mittlerweile am Fenster stand. »So wie du den Tathergang beschrieben hast, ist der Mottenmann hier nach draußen geklettert. Richtig?«
Der Erste Detektiv nickte.
Bob nestelte am Fensterrahmen und griff mit spitzen Fingern nach einem Gegenstand, der sich dort verfangen hatte. Er hielt das Fundstück seinen Freunden hin.
Es war ein hauchdünnes, mattgraues Etwas.
Ein fast handtellergroßer Fetzen eines filigranen, aber offenbar riesigen Mottenflügels!

Kwakwaka'wakw oder Nuu-cha-nulth?

Mr Huntington schloss die Augen. »Habe ich es euch nicht gesagt? Das ist ja wohl Beweis genug!«
»So groß, wie der Fetzen ist, kann er nicht echt sein!«, sagte Justus im Brustton der Überzeugung.
Bob fuhr mit den Fingern vorsichtig über das Fundstück. »Es fühlt sich aber verflixt echt an. Nicht wie Plastik oder so. Sondern wie ein ... na ja, wie ein Mottenflügel.«
»Aber so groß?«, fragte Peter. »Unmöglich!«
Nun hielt Bob sich das Flügelteil vor die Augen. »Und die Kanten sind unregelmäßig. Abgerissen.«
»Ein kleiner Teil des riesigen Flügels!«, sagte Huntington. »Du hast eben gesagt, ihr wollt offen sein. Nichts von vorneherein ausschließen. Und ... wie sieht das aus, was ihr nun selbst seht?«
»All unsere Erfahrung ...«
»Wie sieht es aus?«
Justus atmete tief durch. »Als ob der Mottenmann aus dem Fenster gestiegen sei und sich dabei ein Stück eines Flügels abgerissen habe. Bob, pack es vorsichtig ein. Wir müssen es genauestens untersuchen.«
»Geht klar«, bestätigte der dritte Detektiv. »Mr Huntington, haben Sie eine kleine Gefriertüte oder etwas Ähnliches?«
»Geh in die Küche. In der obersten Schublade unter dem Fenster.«
Bob folgte der Aufforderung.

»Es wäre in der Tat gut«, sagte Justus, »wenn Sie uns alles erzählen, was Sie über den Mottenmann wissen. Wir müssen zuerst herausfinden, warum er Sie verfolgt. Was er von Ihnen will. Ich glaube, dass sich daraus Antworten auf viele Fragen ergeben werden.«

»Aber vielleicht wollen Sie nicht ausgerechnet hier mit uns reden«, sagte Peter. »Gehen wir zu Bob in die Küche?«

»Nicht nötig«, erwiderte Huntington. »Der Mottenmann ist nicht mehr im Gemälde. Es ist hier im Wohnzimmer so gut und so schlecht wie überall sonst. Außerdem ist es vielleicht besser, wenn ihr nicht von mir hört, was damals geschehen ist, sondern quasi von meinem Vater direkt. Dazu braucht ihr das hier.« Er ging zu einem Bücherregal, das neben dem offenen Fenster stand. Mit ausgestrecktem Zeigefinger fuhr er über einige Buchrücken, bis er ein dickes, zweifellos altes, in Leder eingebundenes Buch hervorzog.

»Ist das etwa …«, setzte Justus an, während der dritte Detektiv zurückkam.

»Eins der Tagebücher meines Vaters aus der Zeit seiner Seereisen. Darin steht auch einiges über seine Begegnungen mit dem Mottenmann. Er hat mir davon immer wieder erzählt!« Mason Huntington schaute bei diesen Worten gedankenversunken ins Leere, als ob er sich an seine Kindheit erinnerte. »Wie er mit dem Schiff über das raue Meer reiste und an Kanadas Küste anlegte! Mein Vater war damals ein junger, dürrer Kerl.« Er blätterte in dem Buch. Sein Atem ging rasselnd. Endlich hielt er es den drei ??? wenige Seiten vor dem Ende aufgeschlagen hin. »Hier – an dieser Stelle ist er in Port Hardy angekommen.«

Es war nicht einfach, die alte Handschrift zu lesen. Bob, der schon öfter alte Schriften hatte entziffern müssen, nahm das Tagebuch und begann vorzulesen, erst stockend, dann immer flüssiger.

9. Juli, Mittwoch
Heute ist der schönste Tag meines Lebens!
Ich konnte am frühen Morgen endlich das Schiff verlassen! Meine Schritte waren ganz schön unsicher; die ersten nach einer Ewigkeit auf den ständig schwankenden Planken des Schiffes. Es war so seltsam, dass der Boden ruhig blieb – und ich habe mich immer noch nicht richtig daran gewöhnt. Ich weiß, dass eine Menge Seeleute mit diesem Problem kämpfen, vor allem am Anfang ihrer Reisen. Und so ein alter Seebär bin ich ja noch nicht.
Wie lange quälte mich jetzt schon die Seekrankheit. Allein bei der Vorstellung, etwas zu essen, hatte sich mir der Magen herumgedreht. Trotzdem hatte ich mir täglich ein wenig Schiffszwieback hineingewürgt, nur um ihn kurz darauf wieder auszuspucken. Deshalb habe ich auch so lange nichts mehr in dieses Tagebuch geschrieben.
Aber diese Zeiten sind vorbei! Nun werden wir erst einmal hierbleiben. Das also ist sie, die Hafensiedlung Port Hardy in Kanada. Natürlich müssen wir irgendwann die Rückreise antreten, aber daran will ich noch nicht denken. Wer weiß? Im Moment kommt mir alles möglich vor: sogar, dass ich meine Arbeit als Matrose aufgebe, von Bord des Schiffes abheuere, eine nette Frau finde, heirate und für immer hierbleibe.
Benjamin lacht mich deshalb aus. Als ob ich jemals eine Frau finden würde, meint er. Er mag mein bester Freund sein, viel-

leicht der einzige auf dieser Reise, aber ein Idiot ist er trotzdem. Bin zu müde, um heute noch mehr zu schreiben.

12. Juli, Samstag
Kaum zu glauben, dass wir schon vier Tage hier sind. Ich hatte keinen Augenblick Zeit, etwas zu schreiben.
In Port Hardy ist alles in Bewegung. Fast wie auf einem Schiff, meint Benjamin. Die ersten Bewohner haben sich vor rund dreißig Jahren in dieser Bucht niedergelassen. Doch der Platz hat sich im Nachhinein nicht als ideal erwiesen. Darum verlegen die Bewohner gerade ganz Port Hardy!
Eine Stadt zieht um, so hat es Ben genannt. Diese Gebäudeansammlung eine Stadt zu nennen, finde ich zwar übertrieben, aber ich will mit Ben nicht über derlei Nichtigkeiten reden. Das Leben hat so viel mehr zu bieten als kleinliche Streitereien!
Wir versuchen seit unserer Ankunft herauszufinden, was dahintersteckt, dass die Häuser abgebaut und auf der Westseite der Meeresbucht wieder aufgestellt werden. Die Bewohner geben sich in dieser Hinsicht verschwiegen, fast verkniffen, als müssten sie ein großes Geheimnis hüten. Manchmal hörten wir ein gemurmeltes »Kwakwaka'wakw« … Zuerst dachte ich, das klingt wie das Lallen eines Betrunkenen. Aber es ist die Bezeichnung für einen Indianerstamm, der hier in der Nähe lebt. Ich habe lange gebraucht, bis ich jemanden gefunden habe, der sie mir korrekt buchstabieren konnte.
Die Kwakwaka'wakw-Indianer teilen sich diese Gegend schon seit ewigen Zeiten mit dem Stamm der Nuu-cha-nulth. Mit den Einwohnern von Port Hardy gibt es keine direkten Auseinandersetzungen oder gar echte Kämpfe, aber die Indianer beäugen of-

fenbar den Umzug zur Westseite der Bucht misstrauisch. In der Siedlung selbst lassen sie sich angeblich nur selten sehen, stehen aber hin und wieder auf den Klippen.
Manche Siedlerfrauen fürchten sich vor ihnen und erzählen böse Geschichten. Doch es hat wohl noch keine wirklich ernsthaften Zwischenfälle gegeben.
Ich bin aber tatsächlich schon einem Kwakwaka'wakw begegnet. Als ich ihn ansprach, tat er, als verstehe er mich nicht, und antwortete in einer Sprache, die wiederum ich nicht verstand. Eine Frau, die in der Nähe Gemüse aus einem Laden schleppte, versicherte mir danach aber, dass die Indianer sehr wohl Englisch können. »Sind ja keine Wilden wie vor hundert Jahren!«, meinte sie. Ich wollte ihr antworten, dass sie auch vor einem Jahrhundert keine »Wilden« gewesen waren, doch sie eilte davon.
Leider bleibt uns nur wenig Zeit, uns umzusehen oder zu erholen. »Schließlich seid ihr nicht zum Vergnügen nach Port Hardy gereist, sondern als Matrosen«, wie der Kapitän nicht müde wird zu erklären. Unsere Pflichten verlangen von uns, das Schiff zu entladen, Säcke und Kisten durch den Hafen in eine Halle zu schleppen, die der Kapitän angemietet hat, Reparaturen durchzuführen, Handel zu treiben …
Die Halle ist ein fensterloses Kabuff, es riecht schrecklich darin, und meiner Meinung nach gibt es da Mäuse. Oder Ratten. Der Kapitän schätzt es wohl ähnlich ein, denn ich habe mitbekommen, wie er mit einem fetten Kerl um den Mietpreis feilschte.
Abends sinken wir todmüde in uns zusammen. Ben und ich kauern uns dann gern an eine Hafenmauer und blicken aufs Meer. Die Spiegelung des Monds tanzt auf den Wellen. Es riecht nach Fisch und Tang.

13. Juli, Sonntag

Gestern ist mir etwas Merkwürdiges geschehen. Nach der Arbeit wollte sich Benjamin irgendetwas zu essen suchen und schlafen gehen, aber mich zog es nicht zurück in meine winzige Kajüte auf dem Schiff. Beim bloßen Gedanken an das Schaukeln wurde mir schon wieder übel. Vielleicht ist das Matrosenleben doch ungeeignet für mich. Aber was soll ich sonst tun? Schon Vater und Großvater sind zur See gefahren, und dessen Vater genauso.

Also schlenderte ich trotz der Erschöpfung durch die stillen Gassen der Siedlung. Ich wünschte, ich wäre nicht gegangen.

Ich steuerte das Gebiet an, in dem die Häuser wieder aufgebaut wurden und dazu neue, größere Gebäude entstanden. Überall sah ich halb fertige Häuser, einige von ihnen schon bezogen, wenngleich die Gassen und Wege am späten Abend wie ausgestorben wirkten.

Ich ging an einer Grube vorüber und stand vor dem Erdhügel, der sich dahinter türmte, als ich etwas entfernt den Schrei eines Mannes hörte. Er klang verärgert und gleichzeitig schmerzerfüllt. Niemand sonst war unterwegs, und es kam auch kein Mensch ins Freie, um sich darum zu kümmern. Ich rannte in die Richtung, aus der der Schrei gekommen war. Im Dunkeln zwischen den Häusern konnte ich mich kaum orientieren. Nur aus wenigen Fenstern fiel flackerndes Licht, und das Mondlicht reichte kaum aus, mehr als Silhouetten zu erahnen.

An einer Wegkreuzung blieb ich stehen und lauschte.

Nichts.

Ich kam mir schon etwas verrückt vor, aber nun hatte ich es begonnen, da wollte ich keinen Rückzieher machen. Ich rief in die Finsternis, ob jemand Hilfe bräuchte. Dabei kam mir ein er-

schreckender Gedanke: War der Unbekannte ohnmächtig geworden oder gar gestorben?
Aber da hörte ich ein Brummen, alles andere als freundlich. »Bin hier!«, rief jemand.
Als Urheber dieser wenigen Worte entpuppte sich ein bärtiger Mann, der in einer Baugrube lag. Er stank nach Schnaps und hielt seinen linken Fuß umklammert. »Ist gebrochen«, schnauzte er mich an, als trüge ich daran die Schuld.
Ich wollte ihm helfen, doch er heulte nur auf und bejammerte sein Unglück. »Ich hab'n gesehn!«, nuschelte er undeutlich, was wohl am Alkohol lag. »Ich wusst, dass mir was passier'n wird!«
Ich sprang vorsichtig in die Grube und fragte ihn, wen er denn gesehen hätte.
»Na'n Mott'nmann!«, schnauzte er mich an. »Wen'n sonst?«
Ich verstand nicht. »Welchen Mann?«
»'n Mottenmann! Den bösen Geist von'n Indianern! Sie schicken ihn, seit wir die ersten Häuser ummezogen haben! Sie woll'n uns hier nich'!«
»Mottenmann«, wiederholte ich. Es klang unheimlich.
»Verdammte glühende Aug'n, breite Flügel! Ich hab'n zwischen den Bäumen flieg'n sehen, und er hat mich angestarrt, und da wusst ich, dass's kein gutes Ende nimmt. Hast du ihn auch gesehn, Bursche?«
»Nein«, sagte ich.
»Sei froh! Wer'n sieht, auf den wartet Unglück! Sieh's dir an! Hier!« Er deutete auf seinen gebrochenen Fuß, gab ein paar Schmerzenslaute von sich, sah wieder hoch und schrie plötzlich: »Nein! Bleib weg! Weg!«
Ich drehte mich um, denn der Mann wies mit zitterndem Arm

an mir vorbei. Oben am Rand der Grube stand eine düstere Gestalt, ein Wesen, wie ich es noch nie gesehen hatte.
So etwas konnte es nicht geben!
Eine Mischung aus Motte und Mensch, groß und breit wie ein extrem muskulöser Mann. Durch gewaltige, schwirrende Flügel rauschte der Wind. Die roten Augen waren wie brennende kleine Kreise in der Finsternis. Schatten tanzten über dem Wesen, ehe es sich in die Luft erhob und verschwand.
»Unglück«, heulte der Verletzte. »Jetzt wartet auf mich noch schlimmeres Unglück!«

Bob legte das Buch ab. »Eine interessante Geschichte. Und davon hat Ihnen Ihr Vater also erzählt, als Sie ein Kind waren.«
»Gestatten Sie mir zwei Fragen«, bat Justus nachdenklich. »Zum einen – und verstehen Sie es nicht falsch, aber – war das alles?«
Der Auftraggeber der drei ??? schüttelte heftig den Kopf. »Natürlich nicht! Vor meinem Vater lag noch einiges Übel in Port Hardy!«
»Welches Übel denn?«
»Lies weiter«, forderte Mr Huntington Bob auf, »was mein Vater damals geschrieben hat.«
»Vorher bitte noch eine Frage zu den Kwakwaka'wakw«, sagte Justus. »Wieso haben sie –«
»Du hast dir das einfach so gemerkt, Junge?«, fragte Mr Huntington.
»Selbstverständlich. Diese Bezeichnung eines Indianerstammes war mir schon vor Ihrem Bericht geläufig. Ich lese viel.

Aber zurück zu meiner Frage. Wieso haben die Indianer den Umzug damals so misstrauisch beobachtet?«

»Das weiß ich ehrlich gesagt auch nicht. In diesem Tagebuch steht nicht mehr darüber.«

»Sie haben vorhin schon erwähnt, dass es nur eins von mehreren Tagebüchern ist.«

»Mein Vater war lange unterwegs. Er hat noch viel mehr Bücher mit seinen Aufzeichnungen gefüllt, aber außer diesem habe ich nie eins gesehen. *Sie sind hier in der Villa, Junge. Ich habe sie versteckt, sie sind mir heilig, weißt du? Vielleicht findest du sie irgendwann, wenn die Zeit reif ist – bis dahin wachen die Geister über sie, und solange musst du dich mit meinen Erzählungen begnügen.* So hat er es immer gesagt.«

»Sie sind ihm heilig. Und es wachen die Geister über sie?«, fragte Bob. »Was meinte er damit? Irgendwelche indianischen Wesen wie der Mottenmann?«

Mason Huntington seufzte lautstark. »Ich habe es nie herausgefunden, und er hat es mir nie verraten. Deshalb habe ich die Bücher nie gefunden, auch nicht nach seinem Tod. Aber jetzt lies erst mal weiter.«

Unglück breitet sich aus

15. Juli, Dienstag
Es ist wahr!
Auf einmal verfolgt mich das Unglück, genau wie der Siedler es behauptet hat. Meinetwegen ist Herman vielleicht auf ewig ein Krüppel! Ich kann es noch immer nicht fassen.
Aber der Reihe nach. Ich muss meine Gedanken sortieren, um vielleicht später alles zu verstehen.
Wir sollten heute etliche eingetauschte Handelswaren in den Bauch des Schiffes schleppen. Danach gönnte uns der Kapitän eine Ruhepause. Typisch für den Geizhals! Mir wäre eine kostenlose Runde Rum ja lieber gewesen.
Ben und ich saßen wieder an der Hafenmauer und schauten aufs Meer, während sich über dem Horizont dunkle Wolken zusammenballten. Ich hatte ihm schon gestern von meinem Erlebnis mit dem Fremden und diesem unheimlichen Mottenmann erzählt. Und davon, dass die Einheimischen glauben, dass auf jeden, der den Mottenmann sieht, schreckliches Unheil wartet.
Ben fragte mich, ob ich daran glaube.
Ich habe gelogen und Nein gesagt, aber er kennt mich gut genug und meinte nur, dass das nicht sehr überzeugend klänge. Also versicherte ich ihm, dass ich überhaupt nicht an irgendwelche Schauergestalten glaube, aber das fand er noch weniger überzeugend.
Er weiß eben, wann ich lüge.
Mir läuft es jetzt noch kalt über den Rücken, wenn ich mich an diese unheimliche Begegnung erinnere.

»Du hättest dabei sein müssen, in dieser Grube«, sagte ich zu Ben. »Eine riesige Gestalt. Mit Flügeln. Und ... diese Augen. Ich kann sie immer noch vor mir sehen. Das Glühen. Es war fast, als würden sie brennen! Ich ...«

Ben unterbrach mich. »War es vielleicht einer der Indianer, in irgend so einem rituellen Kleid? Es war schließlich dunkel, du könntest dich getäuscht haben.«

»Hältst du mich für schwachsinnig?«, fuhr ich meinen Freund wütend an. »Dieses Wesen ist weggeflogen! Hörst du? Weggeflogen!«

Wir schwiegen, während Welle für Welle ans Ufer rauschte. Irgendwo grummelte ferner Donner. Vielleicht würde es bald ein Gewitter geben. Oder es war ein Vorbote für schreckliche Ereignisse.

»Und der Kerl mit dem gebrochenen Fuß«, fragte Benjamin schließlich, »hat dir nicht mehr über diese seltsame Gestalt erzählt?«

»Nur, dass es entsetzliches Unglück bringt, wenn man den Mottenmann sieht. Er hat sonst kein Wort mehr herausgebracht und humpelte auf einen dicken Ast gestützt davon.«

Plötzlich gellte eine aufgebrachte Stimme auf: »Du!« Eine massige Gestalt stampfte mit schweren Schritten auf uns zu – unser Kapitän! Er sah alles andere als freundlich aus. Den Arm ausgestreckt, wies er mit zornig fuchtelndem Zeigefinger auf mich.

»Du!«, wiederholte er und er schrie fast. »Huntington! Was hast du dir dabei gedacht? Willst du mich in Verruf bringen, ja? Soll niemand mit mir Geschäfte machen? Findest du es gut, wenn wir ohne jeden Gewinn nach Hause zurückfahren müssen?«

Ich war rascher auf den Füßen, als ich es mir nach der anstrengenden Arbeit zugetraut hätte, wich aber den wütenden Blicken aus. »Was ... Ich ... Es tut mir leid, ich weiß nicht, wovon ...« Mehr als derlei Gestammel brachte ich nicht heraus.
»Ich rede davon, dass du in Port Hardy herumstromerst und die Einwohner belästigst!«
»Aber ...«
»Lass mich ausreden! Die Leute tuscheln über uns, und das ist nicht gut für das Geschäft. Ein Kerl mit gebrochenem Fuß erzählt überall herum, dass er deinetwegen gestürzt ist und du irgend so einen Indianergeist gerufen hast.«
»Den Mottenmann?«
»Mir egal, was das für ein Ding ist!« Der Kapitän funkelte mich an. »Die Leute in Port Hardy haben Angst vor dieser Schauergestalt, und mir ist egal, ob sie behaupten, dieses Wesen würde von den Indianern kommen oder es sei vom Himmel gefallen!«
»Sie sagen, die Indianer schicken den Mottenmann, seit die Stadt zur Westseite der Bucht umzieht.«
»Es ist mir egal, Huntington!«
»Der Kerl ist nicht meinetwegen gestürzt«, stellte ich klar. »Im Gegenteil! Ich hörte ihn rufen und wollte ihm helfen!«
Der Kapitän winkte ab. »Für mich zählt nur das Ergebnis! Es gibt keine fliegenden Ungeheuer, aber da draußen sind Menschen, die nicht mehr mit mir handeln wollen, solange meine Matrosen irgendwelchen Unfug veranstalten! Und jetzt kam es deswegen auch noch zu einem Streit. Herman wollte dich verteidigen.«
»Herman?«, fragte ich verblüfft. Ich hätte nicht gedacht, dass ausgerechnet er mir beistehen würde.

»Ein Wort kam zum anderen, bis der Siedler ihn aus seinem Laden warf. Herman wollte sich das nicht gefallen lassen und ...« Der Kapitän starrte mich an.

»Und?«, fragte Ben.

»Sie kämpften miteinander und Herman ist gestürzt! Hat sich beide Arme gebrochen. So kann ich ihn nicht mehr gebrauchen, aber ich habe ihn jetzt am Hals! Der Doc meint, er bleibt vielleicht für immer ein Krüppel! Was soll ich mit ihm tun, Huntington? Hä, was?«

Es verschlug mir die Sprache, und das tut es noch immer. Herman liegt inzwischen in seiner winzigen Kajüte, der Doc hat ihn so gut versorgt, wie er konnte. Er will nicht, dass ich ihn besuche.

»Noch ein Fehltritt«, herrschte mich der Kapitän dort draußen an, »und ich sorge dafür, dass du nie wieder einen Fuß auf mein Schiff setzt und auch auf keines sonst! Verstanden?«

»Ich habe den Mottenmann nicht gerufen«, versuchte ich mich zu verteidigen, »das ist eine Lüge, die –«

»Ver-stan-den?!«

»Ja«, sagte ich und senkte den Blick.

Der Kapitän wandte sich ab und stampfte ebenso energisch davon, wie er gekommen war.

Benjamin sah mich an. »Weißt du, wonach das aussieht?«

Ja, das wusste ich, aber Ben sprach trotzdem aus, was auf der Hand lag: »Es sieht danach aus, dass du zu allem Überfluss auch noch Unglück über andere bringst.«

»Unglück ...«, unterbrach Mason Huntington Bobs Vorlesen. Seine Finger zitterten, als er sie erst vors Gesicht hob und dann die Kapitänsmütze zurechtschob. »Versteht ihr jetzt?«

»Ihrem Vater ist Unglück widerfahren«, meinte Justus. »Eine Menge Ärger mit seinem Kapitän, und wahrscheinlich hat er sich nicht nur wegen der Aussage seines Freundes eingeredet, dass es bereits abfärbte, dass er nämlich die Schuld am Unglück dieses anderen Matrosen trägt.«
Huntington nickte. »Genau so war es. Weil er den Mottenmann gesehen hatte!«
»Eine sich selbst erfüllende Prophezeiung«, sagte der Erste Detektiv. »Ihr Vater hat darauf gewartet, dass etwas Negatives passiert. Und als es so weit war, sah er das als Bestätigung an. Natürlich wäre ihm irgendwann sowieso irgendein Unglück zugestoßen. Wie es jedem von uns hin und wieder geschieht. Er hielt sozusagen danach Ausschau, und darum konnte er das erstbeste schlimme Erlebnis als Fluch des Mottenmanns interpretieren.«
»Lies weiter«, forderte Huntington Bob auf.

18. Juli, Freitag
Ich zittere noch immer, vor Wut und vor Angst. Aber wieder muss ich es der Reihe nach aufschreiben. Ich darf nichts davon vergessen!
Es war nicht einfach, den Kerl mit dem gebrochenen Fuß zu finden, aber ich spürte ihn auf, in einer Kneipe, in der es nach billigem Fusel und bitterem Tabak roch. Etwa zehn Männer soffen dort zusammen.
»Was fällt dir ein, mich überall in Verruf zu bringen?«, herrschte ich ihn an. »Weder bist du meinetwegen gestürzt, noch habe ich den Mottenmann gerufen, und das weißt du genau!«
Rundum hatte eben noch das Gerede der Männer die Luft er-

füllt. Nun trat plötzlich Stille ein. Totenstille, in der das einzige Geräusch von der behelfsmäßigen Krücke stammte, die sich quietschend auf dem Boden drehte.
»Hörtseuchan!«, nuschelte der Mann mit dem gebrochenen Fuß. »Glaubter … glaubt ihr mir jetzt? Er sagt schon wieder 'n Nam'n! Er ruft'n!« Eine Alkoholfahne wehte mit den Worten aus dem Mund.
Ich fühlte, wie mich die Leute anstarrten. Böse. Verärgert. Und auch … ängstlich? »Ich habe diesem Mann geholfen!«, sagte ich in die Runde. »Er lag verletzt in einer Baugrube und hat um Hilfe gerufen. Also bin ich hinuntergeklettert, um –«
»Oh, du bist wohl ein Engel, ja?«, unterbrach mich ein Hüne mit Armen, so dick wie meine Oberschenkel. »Und wem sollen wir eher glauben?« Er lachte. »Dem fremden barmherzigen Samariter – oder unserem Freund und Nachbarn, den wir schon lange kennen und der uns heute Abend diese Runde spendiert hat? Na, Leute, wem schenken wir Vertrauen?« Er breitete die Arme aus.
Ringsum ertönte Gelächter.
Ich wurde blass. Es war wohl besser, von hier zu verschwinden. »Tut mir leid.«
»Ach ja?« Der Hüne kam näher und legte mir seine Pranke von Hand auf die Schulter. Die Finger quetschten zu. Es fühlte sich an, als müssten meine Knochen jede Sekunde bersten. »Jetzt tut es dir leid! Jetzt, wo du den Mottenmann gerufen hast! Wir haben hier schon genug Unglück! Ist nicht einfach, das Leben in Port Hardy. Da brauche ich nicht auch noch die Angst, nach draußen zu gehen und den Unheilsboten vielleicht mit eigenen Augen zu sehen!«

»Ich … werde keinen Ärger mehr machen«, sagte ich.

»Und das solltest du genauso wenig, Henry!«, dröhnte mit einem Mal die Stimme des Wirts, der jenseits des Tresens stand. »Lass den Fremden los. Er wird von hier verschwinden. Richtig, Mister?«

Hastig nickte ich.

Die Hand zog sich zurück. Es war herrlich, als der Schmerz nachließ. Wenige Augenblicke später atmete ich die Luft im Freien und war froh, nicht zusammengeschlagen worden zu sein. Ich machte mich auf den Weg zum Hafen. Es war zweifellos am besten, sich nirgends in der Stadt mehr blicken zu lassen.

Die Stimmung unter den Siedlern war eindeutig gegen mich gerichtet, und alles, was ich sagen konnte, würde es nur noch schlimmer machen.

Es stimmt also. Alles!

Ich habe ihn gesehen, und nun verfolgt mich das Unglück und breitet sich aus. Ich habe Angst, dass Ben der Nächste ist.

Wer den Mottenmann sieht, wer in die großen glühenden Augen blickt, auf den wartet Unheil. Und ich habe ja schon Herman mit hineingezogen. Wen wird es als Nächsten treffen?

Diese verdammten Augen.

Diese verdammten roten Augen, die alle Hoffnung mit sich nehmen.

Wie man sich in ein Bild mogelt

Mit diesen Worten endete das Tagebuch.
»Diese roten Augen«, wiederholte Mason Huntington, »die alle Hoffnung mit sich nehmen.« Er atmete geräuschvoll durch. »Ich kann genau verstehen, was er damit meinte! Es drückt einen nieder, macht Angst ... So hat er mir den Anblick schon als Kind immer beschrieben, und obwohl damals ich das Kind war, kam es mir so vor, als hätte er sich mehr gefürchtet als ich.«
»Eine ziemlich gruselige Geschichte«, sagte Bob. »Ich kann mir vorstellen, dass der Mottenmann Ihnen heute noch Angst einjagt, wenn er Sie derart durch Ihre Kindheit begleitet hat.«
»Eine Frage«, bat Peter. »Das war doch vor fast hundert Jahren, richtig? Vor Ihrer Geburt. Nur mal angenommen, es gäbe diese Gruselgestalt wirklich. Wie kommen Sie auf die Idee, sie könnte immer noch leben?«
»Der Mottenmann ist keine sterbliche Kreatur!«, flüsterte Mr Huntington. »Da spielt es keine Rolle, ob ein Monat oder ein Jahrhundert vergangen ist! Für ihn ist eine Lebensspanne etwas anderes als für uns. Er lebt außerhalb der normalen Zeit. Für ihn ist die Begegnung mit meinem Vater immer noch gegenwärtig – auch wenn mein Vater längst tot ist. Dafür hat er nun mich gefunden.« Der Auftraggeber der drei ??? schloss die Augen. Kleine Schweißperlen glitzerten am Rand seiner Kapitänsmütze.
Justus wollte den alten Mann nicht drängen, aber eine Frage interessierte ihn so brennend, dass er schließlich doch fragte:

»Wieso glauben Sie überhaupt, dass der Mottenmann Ihren Vater verfolgt und es nun auf Sie abgesehen hat?«

»Eine seltsame Frage«, murmelte Mr Huntington.

»Finden Sie? Ich halte es für einen sehr grundlegenden Teil der Geschichte«, sagte Justus. »Es geht um das Motiv: Was will der Mottenmann von Ihnen?«

»Mir reicht, dass ich *weiß*, dass er meinen Vater verfolgt hat. Aufgrund der Erzählungen habe ich daran keinen Zweifel. Und dass er nun zu mir gekommen ist ... nun, das ist ja offensichtlich!«

»Aber warum? *Warum* verfolgte er Ihren Vater? Was wollte er von ihm? Was will er von Ihnen, Sir? Einen alten Fluch erfüllen? Das klingt nicht sehr überzeugend.« Justus zweifelte keine Sekunde daran, dass etwas völlig anderes dahintersteckte. Und genau das mussten sie herausfinden, wenn sie dem Rätsel um den Mottenmann auf die Spur kommen wollten.

»Ich kenne keine Antwort, die dich zufriedenstellen wird«, sagte Mr Huntington. »Du bist offensichtlich ein sehr logisch denkender Mensch. Aber ein Wesen wie der Mottenmann folgt anderen Gesetzen als denen der Logik. Wenn du das nicht akzeptierst, wirst du das nie verstehen. Vielleicht ist das die Weisheit des Alters, Junge. Glaub mir, ich habe genug erlebt in all den Jahren. Heutzutage tun mir zwar alle Knochen weh und meine Verdauung ist auch nicht mehr die beste ... aber ich sehe manches anders als früher!« Mr Huntington seufzte. »Mein Vater hat mir nie erzählt, wie er damals Port Hardy verlassen hat und in die Heimat zurückgekehrt ist. Aber er fürchtete sich stets davor, dass der Mottenmann ihn aufspürt. *Hoffentlich findet er mich nicht, Junge!* Ich habe seine

Stimme noch im Ohr, wie er diesen Satz ausgesprochen hat. Immerhin lachte er danach meistens und meinte: *Vergiss es, wir sind in Sicherheit!*«

»Schauen wir doch zunächst noch einmal auf die Fakten«, bat Justus. »Es steht außer Zweifel, dass jemand in Ihr Haus eingedrungen ist. Auf welche Weise auch immer.«

Der alte Mann nestelte an seiner Kapitänsmütze, ehe er sich die Schulter und den Brustkorb massierte. »Der Mottenmann ist aus dem Gemälde gestiegen.«

»Dann müsste er aber vorher in Ihr Haus eingedrungen sein«, sagte Bob, »um in das Gemälde hineinzusteigen.« Sein Tonfall machte klar, was er davon hielt – nämlich gar nichts.

»Könnte der Eindringling etwas gestohlen haben?«, fragte Peter. »Vielleicht ist das der Grund für alles. Bewahren Sie hier im Wohnzimmer etwas Wertvolles auf?«

»Ich? Wohl kaum! Weder hier im Raum noch sonst irgendwo. Das Haus mag toll sein, weißt du, mein Vater war reich. Ich bin es jedoch nicht. Er hat mir die noble Villa vererbt, aber das war es auch schon. Mein bisschen Geld ist oben im Schlafzimmer.«

»Können Sie nachsehen, ob es noch da ist?«

Der Hausbesitzer folgte der Aufforderung und stieg die Treppe hinauf. Die drei ??? folgten ihm.

Doch alles war in bester Ordnung – wenigstens in dieser Hinsicht. Das Geld lag sicher in seinem Versteck im Kleiderschrank zwischen sorgfältig aufeinandergestapelten Hemden, die aussahen, als wären sie lange nicht getragen worden.

Mason Huntington setzte sich auf sein Bett. Er war blass und atmete schwer.

»Alles in Ordnung mit Ihnen?«, fragte Bob.

»Jaja, ich ... Wisst ihr, meine Pumpe ist nicht mehr die beste. Also, mein Herz, meine ich. Macht euch keine Sorgen, das kenne ich, wenn ich mich anstrenge oder aufrege. Und ehrlich gesagt gab es heute eine Menge Gründe, mich aufzuregen. Ich werde mich ganz kurz hinlegen, dann komme ich wieder zu euch.«

»Darf ich noch rasch etwas fragen?«, wollte Bob wissen. »Sie haben gesagt, es muss noch weitere Tagebücher Ihres Vaters in der Villa geben.«

»Ja, ich habe sie nach seinem Tod gesucht – als Erinnerung, versteht ihr? Aber nie gefunden.«

»Warum hat er sie überhaupt versteckt? Wie haben Sie vorhin gesagt? Dass die Geister über die Tagebücher wachen?«

»Genau das. Aber ich habe nicht die geringste Ahnung, was er damit meinte.«

»Irgendetwas Wichtiges muss in den Tagebüchern stehen«, meinte Bob. »Vielleicht etwas Schlimmes, vor dem er Sie schützen wollte. Oder etwas, das Ihnen Ihr Vater aus einem anderem Grund zu seinen Lebzeiten nicht verraten wollte. Dürfen wir uns im Haus umsehen, um die Bücher zu suchen?«

»Sicher. In den Wohnräumen können sie eigentlich nicht sein. Ich lebe seit etlichen Jahrzehnten hier ... ich hätte sie längst finden müssen.«

»Es gibt sehr ungewöhnliche Verstecke, Sir«, sagte Justus. »Hat die Villa einen Dachboden?«

»Schon, aber ich war eine halbe Ewigkeit nicht mehr da oben – heutzutage käme ich mit meinen alten Knochen auch kaum noch hinauf. Ihr dürft gerne hochklettern und nachsehen. Der Zugang ist über eine Luke draußen im Gang, mit einer Klappleiter.«

Doch zuerst gingen die drei ??? nach unten. Sie wollten sich noch einmal alle Spuren im Garten ansehen, alles durchdenken und überlegen, ob eine andere Spur es wert war, dass sie sie parallel verfolgten. Sie mussten ja nicht zu dritt auf dem Speicher herumkriechen und die anderen Tagebücher suchen.

Beim Gewächshaus schauten sie die eingeschlagenen Scheiben an sowie die wenigen Spuren und Fußabdrücke, die die Gruselgestalt hinterlassen hatte.

»Etwas ist seltsam«, meinte Bob.

»Und zwar?«

»Schaut euch die Spuren an. Als der angebliche Mottenmann geflohen ist und wir ihn verfolgt haben, ist er nicht vom Schuppen und dem Gewächshaus gekommen.«

»Sondern?«, fragte Peter.

»Aus dem Haus. Und zwar von der genau gegenüberliegenden Seite.«

»Gut bemerkt, Kollege«, sagte Justus. »Vielleicht hat er uns mit dem Lärm nach draußen gelockt, um einbrechen zu können, während wir nach draußen geeilt sind.«

»So lange waren wir nicht im Freien«, erklärte Peter. »Zumal Justus doch gleich wieder mit Mr Huntington zurück in die Villa gegangen ist!«

»Aber kurzzeitig waren auch wir im Freien«, erklärte der Erste Detektiv. »Okay, Mr Huntington nur bis direkt vor der Haustür, aber immerhin. Dennoch passt das nicht zusammen! Der Kerl hätte sich höchstens eine Minute lang unbemerkt im Haus bewegen können.«

»Für gerade mal eine Minute rein«, wiederholte Bob nachdenklich. »Und augenblicklich wieder raus. Hmmm, vielleicht … Überlegt mal. Während wir draußen sind, steigt er ein, schnappt sich etwas, von dem er genau weiß, wo es ist, und haut sofort ab – im Sichtschutz der Villa.«

»Du meinst …«

»Das Gemälde! Er holt sich das Bild, auf dem der Mottenmann zu sehen ist. Ein Bild, das er zuvor in mühevoller Arbeit kopiert und zusätzlich mit der Schauergestalt versehen hat! Was auch heißt, dass der Einbrecher schon früher in der Wohnung gewesen sein muss, um das Bild zu fotografieren. Diese Fälschung hat er dann in der Nacht vorher im Wohnzimmer platziert … und während wir hier draußen waren, hat er das Original wieder hingehängt! Ein rascher Tausch, und schon sieht es für den leichtgläubigen und verängstigten Mr Huntington so aus, als wäre der Mottenmann erst auf dem Gemälde erschienen und dann aus ihm herausgestiegen!«

»Das wäre möglich«, sagte Peter. »Aber warum sollte er das ausgerechnet in dem Moment machen, während sich vier Leute im Haus aufhalten? Der alte Mann wohnt alleine hier, da hätte es doch bessere Gelegenheiten gegeben.«

Bob hob die Schultern. »Weiß ich ja auch nicht. Wir stehen ja noch ganz am Anfang, da habe ich keine Lösungen parat.« Er grinste. »Bin ja nicht Justus.«

»Ich habe die ganze Zeit das Gefühl«, sagte der Erste Detektiv, ohne darauf einzugehen, »wir übersehen etwas, das uns eigentlich auffallen müsste. Das macht mich noch verrückt!«

»Wie kommst du darauf?«, fragte Peter.

»Ich weiß nicht genau, aber diese Geschichte ist nicht rund.

An ihr stimmt etwas nicht – aber was? Und mir kommt es vor, als bräuchte ich nur danach zu greifen – aber wie?«
»Lasst uns nach den Tagebüchern suchen«, meinte Bob. »Vielleicht steckt darin ein Hinweis.«
»Sie sind nicht die einzige Spur«, sagte Justus.
»Meinst du diesen angeblichen Mottenflügel, der im Fensterrahmen hing?« Der dritte Detektiv schüttelte den Kopf. »Zweifelt irgendjemand von euch daran, dass er nicht echt, sondern aus irgendeinem hauchdünnen Spezialplastik ist? Ich glaube nicht, dass es uns etwas bringt, dem nachzugehen.«
»Ein guter Detektiv urteilt nicht vorschnell«, sagte Justus.
»Der Meinung unseres Auftraggebers nach hast du aber genau das getan«, warf Peter ein.
»Ich? Wann?«
»Als du darauf bestanden hast, dass es keinen echten Mottenmann gibt.«
»Das ist etwas anderes! Die Logik gebietet, dass es keine übernatürlichen Wesen gibt. Aber was den Flügel angeht – du solltest ihn trotzdem untersuchen. Vielleicht findest du Fingerabdrücke darauf oder sonst irgendwas Nützliches.«
Bob nickte. »Okay, mach ich. Sucht ihr die Tagebücher und haltet mich auf dem Laufenden. Ich komme so schnell wie möglich zurück.«

Der brennende Puppenwagen

Justus und Peter gingen zurück ins Haus und stiegen auf den Dachboden. Es war ein extrem niedriger, schlecht ausgebauter Raum, der nur der Lagerung von alten, verstaubten Kisten und Möbeln diente. Sie krochen durch Legionen von Spinnweben. Eine fette schwarze Spinne huschte Peter direkt über die Hand. Er schüttelte sich vor Ekel.

Alte Kästen und Kartons zu durchwühlen und in den abgelegten Sachen ihres Auftraggebers oder seines Vaters zu kramen, fiel ihnen nicht leicht. Sie kamen sich vor, als würden sie in Mr Huntingtons Privatsphäre herumstochern. Obwohl er es ihnen ausdrücklich erlaubt hatte. Sie fanden jedoch nur Kleidung, alte Haushaltsgeräte und auch einige Kisten mit verstaubten Büchern, aber die weiteren Reisetagebücher des Matrosen Jacob Huntington waren nicht darunter.

Als sie die Leiter wieder nach unten stiegen, erwartete sie ihr Auftraggeber. Sie fragten ihn, ob ihm noch irgendetwas eingefallen wäre, das sein Vater womöglich zum Versteck der Tagebücher gesagt haben könnte, aber Mr Huntington schüttelte nur den Kopf.

»Versuchen Sie bitte weiter, sich zu erinnern«, bat Justus. Er wollte ungern wahllos im ganzen Haus herumstöbern. Sie beschlossen deshalb, zunächst einer dritten Spur zu folgen und zur Villa der Frau zu gehen, auf deren Grundstück Peter und Bob vor wenigen Stunden die Spur des Mottenmanns verloren hatten – Mrs Brankle, wie ihr Auftraggeber sie genannt hatte. Bob war ja auf den Gedanken gekommen, dass ihr Gegner in

Wirklichkeit in deren Haus verschwunden war – und auch wenn nicht, wäre es immerhin möglich, dass die Frau irgendetwas beobachtet hatte.

»Ich bin allerdings nicht sicher, ob die Furie überhaupt mit uns sprechen wird«, meinte Peter.

Draußen war es inzwischen dunkel geworden. Die Straßenlaternen sorgten zum Glück für genügend Helligkeit, damit die beiden Detektive die Straße und die Vorgärten gut einsehen konnten. Unterwegs erzählte Peter dem Ersten Detektiv noch einmal genau, was auf dem Grundstück der Frau vorgefallen war, die ihn und Bob wenig freundlich als »Vandalen« bezeichnet hatte.

»Das trifft übrigens nur bedingt zu«, erklärte Justus. »Bei den Vandalen handelt es sich um ein germanisches Volk, das sich vor allem im fünften Jahrhundert nach Christus recht weit ausgebreitet hat, ehe es –«

»Just?«

»Ja?«

»Du weißt aber schon, dass man jemanden, der rücksichtslos Dinge kaputt macht, auch als Vandalen bezeichnet? Das ist ein Vergleich, also eine Metapher oder wie auch immer die richtige Bezeichnung dafür lautet.«

»Deshalb sagte ich ja, es trifft nur bedingt zu. Ohne diese Sprachgewohnheit würde es nämlich überhaupt nicht zutreffen. Und was die korrekte Bezeichnung angeht, eine Metapher definiert sich dadurch, dass sie …«

»Nicht jetzt! Können wir bitte zu den wichtigen Sachen kommen?«, fragte Peter. »Dort vorne siehst du schon das Haus und wir müssen uns überlegen, wie wir vorgehen.«

»Aber gerne«, sagte Justus. »Dich kennt sie, mich nicht. Das sollten wir ausnutzen.«
»Willst du alleine bei ihr klingeln?«
»Nein, ich verfolge einen anderen Plan.« Der Erste Detektiv erklärte seinem Freund, was er vorhatte. Zunächst war Peter nicht sonderlich begeistert, doch schließlich stimmte er zähneknirschend zu.
Kurz darauf gingen sie an dem Steinlöwen vorbei die noble Auffahrt entlang und klingelten. Auf dem Namensschild stand: *Hier hausen die Brankles.*
Es dauerte nicht lange, bis jemand öffnete – es war allerdings nicht die »Furie«, sondern ein Mädchen von etwa sieben Jahren. Es hatte verwuschelte braune Haare.
»Ja?«, piepste die Kleine.
»Ist deine Mutter da?«, fragte Peter. »Ich muss mich bei ihr entschuldigen, weißt du.«
Das Mädchen drehte sich um. »Mama?«, rief es in Richtung einer Treppe, die nach oben führte.
»Ich komm schon«, hörten die beiden Detektive.
»Moment bitte«, sagte das Mädchen artig.
»Natürlich«, sagte Justus noch artiger.
Kurz darauf stand die Mutter vor ihnen, und Peter erkannte sie sofort. »Guten Tag, Mrs Brankle, ich ...«
»Woher kennst du meinen Namen?«
»Das Namensschild ...«, erklärte der Zweite Detektiv, ohne ihren Auftraggeber zu erwähnen.
»Oh ja, klar. Was wollt ihr?« Dann stockte sie, ihre Augen weiteten sich kurz. »Du bist doch dieser kleine Vandale von vorhin!«

Justus verkniff sich ein Grinsen. »Mein Freund Peter hat immer noch ein schlechtes Gewissen, weil er auf Ihr Grundstück eingedrungen ist«, behauptete er. »Ihm fehlte allerdings der Mut, bei Ihnen zu klingeln, um zu sagen, dass es ihm leidtut. Darum begleite ich ihn.«
»Ja, ähm«, machte der Zweite Detektiv, »hiermit möchte ich mich also erneut entschuldigen.«
Mrs Brankle schien das zu gefallen. Sie nickte gönnerhaft. »Akzeptiert. Du bist ein guter Junge.« Ohne die beiden hereinzubitten, drehte sie sich zu ihrer Tochter um, die nach wie vor in der Nähe stand. »Es gibt eben immer noch vernünftige Menschen, Xeni! Für dich wird es aber langsam Zeit fürs Bett!«
»Ja, Mama«, sagte das Mädchen, blieb jedoch in aller Seelenruhe stehen.
Mrs Brankle wandte sich wieder ihren Besuchern zu. »Und was ist mit diesem zweiten Burschen?«
»Er wird ganz sicher auch noch zu Ihnen kommen. Er geht momentan einer Spur des Mottenmannes nach, den wir vorhin verfolgt haben, weswegen wir ja überhaupt nur in Ihrem Garten waren.«
Das war der entscheidende Punkt dieses Gesprächs, das die beiden Detektive genau geplant hatten. Wie würde die Frau auf die Erwähnung der Schauergestalt reagieren?
Ihre Augenbrauen zogen sich zusammen. Für einen Moment sah sie erschrocken aus – oder? »Aha«, sagte Mrs Brankle schließlich, in einem Tonfall, den man gegen ein nerviges Kind anschlug, das irgendetwas Albernes erzählte.
Das kleine Mädchen jedoch stand mit halb offenem Mund da und zog die Arme an den Oberkörper. »Mama, das …«

»Sei still«, zischte Mrs Brankle. »Wovon auch immer der Junge spricht, das hat nichts damit zu tun!«

»Aber –«

»Xeni! Das geht diese Burschen hier nichts an!«

Die Kleine verstummte, sah jedoch nicht eingeschüchtert, sondern eher beleidigt aus.

»Hast du auch etwas gesehen?«, fragte Justus sie.

»Das ist Privatsache! Und hört ja auf, meiner Tochter Angst einzujagen mit irgendwelchen absonderlichen Schauergeschichten!« Mrs Brankle packte den Türknauf. »Danke für eure Entschuldigung, auf Wiedersehen.« Sie schlug die Tür zu.

Justus und Peter konnten noch hören, wie sie drinnen mit ihrer Tochter sprach. »Und du, ab ins Bett, Xeni! Putz dir schon mal die Zähne, ich komme dann gleich, um dir …«

Mehr war nicht zu verstehen, offenbar gingen die beiden während dieser Worte die Treppe hinauf.

»Das Mädchen weiß etwas«, sagte Justus leise. »Und Mrs Brankle auch. Wir müssen herausfinden, was, Kollege!«

»Ja. Was hat sie wohl gemeint, als sie sagte: *Das hat nichts damit zu tun*? Womit?«, flüsterte Peter. »Aber lass uns erst einmal von hier verschwinden, sonst holt sie noch die Polizei, weil irgendwelche Vandalen im Dunkeln auf ihrem Grundstück herumlungern und ihrer Tochter auflauern.«

Das kurze Gespräch zu viert legte nahe, dass es im Haus der Brankles tatsächlich ein Geheimnis gab.

Die beiden Freunde zogen sich zurück und gingen wieder in Richtung von Mr Huntingtons Villa. Nach ein paar Schritten hörte Peter das leise Klacken einer Tür und drehte sich um.

Überrascht sah er, dass die kleine Xeni die Villa verließ und die Auffahrt entlanghuschte.
Das Mädchen eilte zu den beiden Jungs und meinte: »Wir müssen noch weiter weggehen! Hier kann uns Mama durch das Fenster sehen. Und wenn sie merkt, dass ich mich rausgeschlichen habe, um mit euch zu reden, wird sie fuchsteufelswild.« Sie grinste.
»Okay«, sagte Peter. »Willst du uns etwas sagen? Du hast etwas gesehen, richtig? Vorhin, als mein Freund und ich in eurem Garten waren?«
»Nö«, antwortete das Mädchen. »Da war ich in meinem Zimmer und hab mit meinem Puppenhaus gespielt. Ich hab nur gehört, wie Mama mit euch geschimpft hat.«
»Dann hast du den Mottenmann also zu einem anderen Zeitpunkt gesehen?«, fragte Justus. »Denn vorhin wolltest du doch …«
»Es ist etwas Schlimmes passiert«, fiel Xeni ihm ins Wort. »Im Garten!«
»Was denn?«, fragte Peter.
Eine Katze spazierte in aller Ruhe an ihnen vorbei. Das Mädchen bückte sich und streichelte sie. »Minky gehört unseren Nachbarn.« Das Tier reckte und streckte sich und fing an zu schnurren. »Ist sie nicht süß?«
»Ja, sehr«, meinte Justus, den viel mehr interessierte, was im Garten geschehen sein mochte. »Und was ist Schlimmes passiert?«
»Mein Lieblings-Puppenwagen hat vorhin gebrannt!«, sagte Xeni. »Mama denkt, ich hätte vielleicht eine Lupe drin liegen lassen und die hat das Feuer gemacht, wie im Fernsehen neu-

lich. Aber ich bin doch nicht blöd. Ich hab einen Gruselkerl gesehen, der ihn angesteckt hat! Ein Typ mit Flügeln. Wie so ein Horror-Engel!«

»Was kennst du denn für Wörter«, sagte Peter.

Xeni hob die Schultern. »Wie nennt ihr ihn noch mal?«

»Mottenmann.«

»Das passt! Ein Mann und auch eine Motte. So sah der aus! Und er hat meinen Puppenwagen angesteckt! Mama meint, da hätte das ganze Haus abbrennen können, wenn ich es nicht gemerkt und sie es mit dem Gartenschlauch gelöscht hätte!«

»Das war wirklich gefährlich«, sagte der Erste Detektiv vorsichtig.

Die Katze ging weg und das Mädchen stellte sich wieder aufrecht hin. »Ich hab Mama gesagt, dass ich den Mottenmann gesehen hab, aber sie glaubt mir nicht, sondern hat mich angemotzt. So ist sie oft, seit Papa weggegangen ist und wir kaum Geld haben.« Sie äffte die Stimme ihrer Mutter nach: »*Du und deine Geschichten, Xeni!*« Sie schüttelte den Kopf. »Sie meint, ich hätte zu viel Fantasie. Aber sie hat mindestens genauso viel, sonst hätte sie mir nicht diesen bescheuerten Namen gegeben!«

»Xeni klingt doch nett«, meinte Peter.

»Das ist ja auch nur mein Spitzname! Eigentlich heiße ich Xenia-Hortensia!«

»Ähm, ja«, machte der Zweite Detektiv.

Justus räusperte sich. »Das ist zwar in der Tat ungewöhnlich, aber wenigstens hast du einen Namen, den kaum jemand anderes auf der Welt trägt.«

»Das stimmt!« Sie strahlte. »Wie heißt du denn?«

»Justus Jonas.«

»Cool. Nennen dich alle JJ? Ich nenn dich JJ, okay?« Sie sprach die Buchstaben sehr langgezogen aus: *Dschäääi-Dschäääi.*

»Deine Mutter hat eben ziemlich wütend reagiert, als wir den Mottenmann erwähnt haben«, sagte Justus. »Hast du eine Idee, warum?«

»Nö. Sie ist oft ziemlich schnell sauer, seit Papa weg ist. Sie meint, vielleicht müssen wir aus der Villa ausziehen, weil das alles so teuer ist.« Sie hob die Schultern. »Mir ist es eigentlich egal. So viel Platz brauchen wir ja gar nicht.«

Der Erste Detektiv nickte langsam. »Tust du uns einen Gefallen, Xeni?«

»Klar, JJ.«

»Sobald du wieder etwas Ungewöhnliches beobachtest, melde dich bei uns. Wir sind Detektive, weißt du?«

Die Augen des Mädchens wurden groß. »Echt?«

Justus nickte ernst.

»Und wie finde ich euch?«

»JJ«, sagte Peter trocken, »du hast doch bestimmt noch eine Visitenkarte für Xeni, oder?«

Justus zog eine Karte aus der Tasche und gab sie dem Mädchen. Xeni sah mit großen Augen darauf. »Okay. Und jetzt muss ich wieder rein.« Sie verschwand in der Toreinfahrt.

Justus und Peter gingen zurück zu Mr Huntington. Da diesem nichts Neues über den Verbleib der Tagebücher eingefallen war, verabschiedeten sich für heute von ihm und fuhren zum Schrottplatz. Sie mussten nachdenken.

Bob ging durch das Kalte Tor, öffnete die Tür zum Campinganhänger und tastete im Dunkeln nach dem Lichtschalter. Rasch ging er in den abgetrennten Laborbereich der Zentrale und holte das Mikroskop aus dem Regal. Damit sollte sich überprüfen lassen, ob er es bei dem Flügelfetzen mit Plastik, irgendeiner Spezialfolie oder einer Art glänzendem Papier zu tun hatte.

Vorsichtig nahm er das Fundstück aus dem Beutel und legte den Flügel auf den Objektträger des Mikroskops. Als er durch das Okular schaute und versuchte, die Sicht scharf zu stellen, bemerkte er plötzlich die völlige Stille rundum. Er konnte nur seinen eigenen Atem hören. Und mit einem Mal sah er wieder diese Schreckensgestalt vor sich, die angeblich ein Stückchen ihres riesigen Flügels im Fensterrahmen verloren hatte. Die glühenden Augen im dunklen Gesicht.

»Unsinn«, sagte Bob merklich lauter, als er eigentlich wollte. Dass er mit sich selbst redete, war ihm völlig egal. »Es gibt keinen Mottenmann oder sonstige Gespenster!« Allerdings sagte sich das deutlich leichter, wenn man nicht gerade allein in einem Campinganhänger war, umgeben von einem Schrottberg in der Dunkelheit der Nacht ...

Bob gab sich einen Ruck. Er drehte erneut am Mikroskop und sah das Fundstück mit einem Mal ganz klar und dutzendfach vergrößert.

Und was er entdeckte, verschlug ihm den Atem!

Er sah tierische Zellen. Keine künstliche Struktur, keine Oberfläche wie von Plastik, sondern organische Zellen, wie sie nur in Lebewesen vorkamen.

Dieses handtellergroße Stück eines Mottenflügels – war echt!

Der talentierte Mr Motte

Bob schnappte sich sein Handy und rief Justus an. Der Erste Detektiv ging nach dem zweiten Läuten dran.

»Bob hier. Kannst du auf Lautsprecher stellen, damit Peter mithören kann?«

»Moment, Bob, wir sind mit den Fahrrädern unterwegs. Ich habe extra angehalten. Peter! Komm mal her! Okay, Bob ... was ist los?«

»Ich habe den Mottenflügel untersucht. Also, ihr wisst schon, das Stück aus dem Fensterrahmen.«

»Die Kunststoffimitation«, sagte Justus im Brustton der Überzeugung.

»Da muss ich dich enttäuschen. Ob es dir gefällt oder nicht, du hast einen voreiligen Schluss gezogen.«

»Oh.« Das verschlug dem Ersten Detektiv die Sprache, was selten vorkam.

»Das Flügelstück ist echt. Daran habe ich nach der Untersuchung keinen Zweifel.«

Peter lachte nervös. »Hier geht also wirklich der Mottenmann um?«

Justus winkte ab. »Voreilig, Peter! Fakt ist erst einmal nur, dass das Fundstück von einer Motte stammt, wenn wir Bobs Untersuchungen Glauben schenken.«

»Hey!«, ereiferte sich der dritte Detektiv.

»Ja, schon gut. Du hast dich sicher nicht getäuscht. Aber was wir aus diesem Fakt machen, steht auf einem ganz anderen Blatt. Ich ärgere mich trotzdem, dass ich mich zu einer unge-

sicherten Überzeugung hinreißen ließ, ohne zunächst die Grundlagen zu beachten und die Beweise zu überprüfen. Ein Anfängerfehler! Kollegen, das gibt mir zu denken!«
»N…noch mal«, sagte Peter. »Glaubst du jetzt doch, dass der Mottenmann echt sein könnte?«
»Nein. Der Flügel stammt von einem Tier, nicht von einem Horrorwesen.« Justus ergänzte nachdenklich: »Aber selbst wenn das nicht ein abgerissenes Stück wäre, sondern der komplette Flügel – eine so große Motte gibt es nicht!«
»Genau das«, sagte Bob, »ist das Problem. Ich verstehe es auch nicht. Trotzdem ist es so!«
»Wir sind auf dem Weg in die Zentrale«, sagte Justus. »Wir reden gleich dort über alles.«
Keine zehn Minuten später ließen sich Justus und Peter auf die Sessel in ihrem Detektivbüro fallen.
»Möglicherweise stammt der Flügel ja von einer anderen Tierart.« Weil der Erste Detektiv seine Unterlippe knetete, wie meistens, sobald er scharf nachdachte, nuschelte er ein wenig, als er weiterredete. »Nicht nur Motten haben Flügel, die so aussehen wie unser Fundstück.«
»Sondern wer noch?«, fragte Peter. »Eine Libelle oder so was? Aber die sind doch auch nicht so groß! Klar, wenn es irgendwas mit Federn wäre – aber ein Insektenflügel? Was wäre das für ein Monster …!«
»Immer mit der Ruhe«, forderte Justus. »Dass der Flügel echt ist und extrem groß, heißt noch lange nicht, dass er von einem monsterhaften Wesen stammt.«
»Das zu allem Überfluss ganz nebenbei Puppenwagen anzündet«, ergänzte Peter.

»Wovon redest du?«, wollte Bob wissen.
Der Zweite Detektiv berichtete von ihrem Gespräch mit Xeni und dass das Mädchen die Horrorgestalt gesehen hatte.
»Aber warum«, fragte Bob, »sollte der Mottenmann ihren Puppenwagen in Flammen aufgehen lassen?«
»Wenn er es war«, meinte Justus, »ging es ihm dabei vermutlich nicht um den Puppenwagen.«
»Sondern?«
»Sondern darum, Unglück zu verbreiten. Stell dir vor, das Feuer hätte übergegriffen. Dann wäre es genau, wie es die Legende behauptet. Wer den Mottenmann sieht, dem widerfährt Unheil – denn das Mädchen hatte ihn gesehen, und die Mutter vielleicht auch, vorher, als ihr beide ihn bis zu dem Grundstück verfolgt habt.«
»Ja, und denkt das mal noch einen Schritt weiter«, sagte Bob. »Mr Huntington nimmt diese Sache mit seinem Vater total ernst ... also dass sich das Unglück von diesem aus weiterverbreitet hat auf den anderen Matrosen. Wie hieß er doch gleich?«
»Herman.«
»Genau. Was glaubt ihr, wie elend sich unser Auftraggeber fühlen wird, wenn er erfährt, dass sich das Unglück von ihm auf seine geschätzten Nachbarn auszubreiten beginnt?«

Am nächsten Morgen radelte Peter zum Schrottplatz und holte Justus ab. Der Erste Detektiv sah reichlich zerknittert aus.
»Da bin ich ja froh«, meinte Peter, »dass ich dich vorhin angerufen habe, um mich anzukündigen. Sonst würdest du wahrscheinlich noch im Bett liegen.«

»Klingt nicht ganz so verkehrt, an einem schulfreien Tag, morgens um …«, er seufzte, »… halb neun. Wenn da nicht der durchaus reizvolle Fall wäre, könnte es mir am nötigen Antrieb zugegebenermaßen gänzlich mangeln.«

Peter grinste. »Aber verschwurbelt reden kannst du immerhin auch um diese Uhrzeit. Komm, radeln wir runter ins Villenviertel. Dabei wirst du garantiert wach.«

»Bist du nicht mit dem Auto gekommen?«

»Nö.«

»Aber am Samstagmorgen …«

»Ein bisschen Sport schadet dir auch heute nicht.«

Wenig später fuhren sie mit den Rädern durch Rocky Beach. Da die Hauptstraßen vom Einkaufsverkehr ziemlich voll waren, wählte Peter einen Weg durch Wohngebiete und ruhige Seitenstraßen. Ein kleiner Junge, der in einem Vorgarten spielte, sah sie kommen, kreischte übertrieben und tat so, als müsste er sich vor ihnen in Sicherheit bringen. Er huschte unter ein Trampolin.

»Gutes Versteck!«, rief ihm Peter grinsend zu.

Justus fühlte sich, als hätte man ihn vor den Kopf gestoßen. Er trat in die Bremsen, dass das Hinterrad wegrutschte. Fast wäre er gestürzt. »Mensch, Zweiter!«

Peter hielt ebenfalls an und drehte sich um. »Was ist los?«

»Erinnerst du dich, dass ich gestern gesagt habe, wir übersehen etwas?«

»Klar. Als wir in Huntingtons Garten standen.«

»Es war so offensichtlich, dass es mir nicht hätte entgehen dürfen. Ich weiß, was es ist!«

»Und wie kommst du ausgerechnet *jetzt* darauf?«

»Dank dir. Du bist genial.«

»Das stimmt«, meinte Peter. »Aber wieso?«

»Du hast dem Jungen zugerufen, dass er sich gut versteckt hat. Gutes Versteck! Das ist der springende Punkt! Denk doch nach, Zweiter! Als der Mottenmann das Gemälde ausgetauscht hat, hatte er nur sehr wenig Zeit – zu wenig, um mit dem einen Bild ins Zimmer und mit dem anderen wieder hinauszuklettern. Außerdem hatte er es nicht dabei, als ihr ihn bei den Brankles gesehen habt! Verflixt, er muss es irgendwo im Haus versteckt haben. Wenn wir das gestern gefunden hätten, wäre das ein eindeutiger Beweis dafür gewesen, dass er nicht aus dem Gemälde geklettert ist!«

»Dafür brauchen wir wohl kaum einen Beweis.«

Der Erste Detektiv sah ihn von der Seite an. »Wir vielleicht nicht … aber unser Auftraggeber. Es ist unserem Gegner offenbar äußerst wichtig, dass Mr Huntington glaubt, der Mottenmann wäre leibhaftig hier aufgetaucht und triebe jetzt sein Unwesen. Er will ihn einschüchtern. Und inzwischen hat der Mottenmann das Gemälde garantiert längst weggebracht. Bei Mr Huntington einzubrechen, ist ja anscheinend seine leichteste Übung. Trotzdem müssen wir das überprüfen.« Justus fuhr wieder los. »So ein Fehler darf uns nicht noch mal unterlaufen. Mr Motte mag talentiert und erfindungsreich sein – aber wir sind das erst recht!« Nun legte Justus ein Tempo vor, dem wiederum Peter kaum folgen konnte. Der Ärger über sich selbst gab dem Ersten Detektiv eine Menge Energie.

Sie kamen kurz vor neun Uhr im Villenviertel an und klingelten bei Mr Huntington.

»Habt ihr inzwischen etwas herausgefunden?«, fragte ihr Auftraggeber, als sie gemeinsam im Wohnzimmer saßen.
»Nichts, was sonderlich dazu geeignet wäre, Licht ins Dunkel zu bringen«, gab Justus zu. »Aber es gibt einige Spuren, die wir heute weiterverfolgen wollen.«
»Hat euer Freund das Flügelstück bereits untersucht?«
Der Erste Detektiv zögerte, ehe er mit zerknirschter Stimme bestätigte.
»Und?«, fragte Huntington.
»Es sieht danach aus, als würde es sich nicht um eine künstliche Nachbildung handeln.«
»Und wieso überrascht mich das nicht, Junge?« Mason Huntington atmete hörbar durch. »Der Mottenmann ist echt, das werdet ihr jetzt ja auch einsehen.«
»Ist Ihnen noch ein Ort eingefallen, an dem sich die Tagebücher womöglich befinden könnten, Sir?«, fragte Peter, um vom Thema abzulenken.
»Leider nicht. Wie gesagt: Könnt ihr euch einen Ort hier im Haus vorstellen, den ich in all den Jahrzehnten nicht gesehen habe?«
»Es handelt sich ja vermutlich um ein Geheimversteck«, meinte Justus, »zum Beispiel einen Hohlraum hinter einer Wand. Unter der Badewanne. Oder ...«
»So etwas gibt es hier nicht«, meinte der alte Mann.
Justus sparte es sich, ihn darauf hinzuweisen, dass sich ein Geheimversteck eben gerade dadurch auszeichnete, dass man es nicht sah. »Wir werden später trotzdem noch einmal auf die Suche gehen. Zuerst sprechen wir mit einigen Nachbarn.«
Huntington nickte traurig. »Ich ahne, warum ihr das wollt.

Meinetwegen treibt der Mottenmann hier sein Unwesen – und meine lieben Nachbarn, die mir noch nie etwas Böses getan haben, werden ihn früher oder später zu Gesicht bekommen. Dann wartet auch Unglück auf sie.« Er seufzte. »Meinetwegen!«, fügte er zerknirscht hinzu.

Justus dachte an den brennenden Puppenwagen und beschloss, dem alten Mann noch nichts davon zu erzählen. Wenn es stimmte, dass sich hier alle so gut kannten und halfen, würde Mr Huntington es sowieso bald erfahren, und es würde ihn noch mehr betrüben und weitere Selbstvorwürfe wecken. Wenn der Mottenmann wirklich beabsichtigte, ihren Auftraggeber psychologisch unter Druck zu setzen, war er genau auf dem richtigen Weg.

Die beiden Freunde verabschiedeten sich und verließen das Haus. Sie mutmaßten, dass ihr Gegner sich nicht darauf beschränken würde, einen Puppenwagen anzuzünden, falls er tatsächlich den Eindruck erwecken wollte, Unglück über jeden zu bringen, der ihn sah. Vielleicht hatte er bereits wieder zugeschlagen – und womöglich war ihm dabei eine Unachtsamkeit unterlaufen. Dann konnten die beiden Freunde hoffentlich eine Spur finden, die ihnen half, die rätselhaften Ereignisse zu verstehen.

Sie gingen die Straße entlang und hofften, auf etwas zu stoßen – je auffälliger der angebliche Mottenmann für Unglück sorgte, umso eher würde es sich feststellen lassen. Hätte sich im Fall von Xenis Puppenwagen das Feuer ausgebreitet, wäre das auch kaum zu übersehen gewesen.

Peter entdeckte als Erster das seltsam blaue Licht, das auf einer Seitenwand der übernächsten Villa flackerte. Kein Zweifel –

es musste von einem Polizeilicht auf dem Dach eines Einsatzwagens stammen!
Sie näherten sich dem Gebäude und entdeckten in der breiten Einfahrt vor der Doppelgarage tatsächlich ein Polizeiauto. Der Fahrer schaltete gerade das Licht ab und stieg aus.
Es war Inspektor Cotta von der Polizei Rocky Beach, ein guter Bekannter der drei ???, mit dem sie immer wieder bei ihren Fällen zu tun hatten. »Justus Jonas und Peter Shaw! Wieso wundert es mich überhaupt nicht, euch hier zu treffen? Wann immer es in Rocky Beach ein Verbrechen gibt, taucht ihr auf. Aber ihr seid früh dran! Woher wisst ihr jetzt schon davon?«
Die beiden Detektive wechselten einen raschen Blick. »Wir sind eben gut informiert, Sir«, sagte Justus, der in Wirklichkeit nicht die geringste Ahnung hatte, was genau sich in diesem Haus abgespielt haben mochte. Möglichst unbestimmt ergänzte er: »Wir ermitteln bereits seit gestern in diesem Umfeld.«
Cotta verschränkte die Arme vor der Brust. »Wieder einmal sind mir die drei ??? eine Nasenlänge voraus.«
»Ich sehe uns nicht als Konkurrenz für die Polizei«, erklärte der Erste Detektiv.
Cotta winkte ab. »Und wo ist der Dritte im Bunde?«
»Bob arbeitet anderweitig an unserem aktuellen Fall, der bislang, wie ich vielleicht hinzufügen sollte, nicht mit diesem Haus in Zusammenhang stand. Aber das hat sich vermutlich jetzt geändert. Ich gehe davon aus, dass es sich hier mit einiger Wahrscheinlichkeit um einen Unglücksfall handelt?«
»Ein Unglücksfall«, sagte der Polizist gedehnt. »So kann man das wohl auch nennen.«

»Wieso glaubst du«, piepste gleichzeitig eine Kinderstimme, »dass es ein Unglück gab?«

Justus drehte sich um. Aus einem nach oben geschobenen Fenster schaute ein vielleicht sechsjähriger Junge mit großen Augen heraus. Er trug eine Brille mit dicken roten Rändern.

»Ich vermute das nur«, erklärte der Erste Detektiv.

»Dass Teddy Anderson weg ist, ist wirklich ein Unglück!«, sagte das Kind. »Ein ganz schlimmes sogar!«

»Wir kommen gleich wieder«, kündigte Inspektor Cotta an und zog Justus und Peter beiseite, sodass der Junge sie nicht hören konnte. »Ich weiß auch noch nichts Genaueres – bislang gab es nur ein kurzes Telefonat mit den Hausbesitzern. Also, dort drinnen wurde ein Plüschtier gestohlen.«

»Ein Teddy namens Anderson, vermute ich«, meinte Peter.

Cotta nickte. »Allein deswegen wäre ich nicht gekommen. Doch das Kind hat den Einbrecher gesehen und wurde von ihm bedroht.«

Justus ahnte, dass sie genau auf der richtigen Spur waren. »Wie sah der Einbrecher denn aus?«, fragte er. »War es vielleicht eine geflügelte Gestalt mit glühenden Augen?«

»Was wisst ihr darüber?«, fragte Cotta überrascht. »Und woher? Was hat es mit eurem Fall auf sich? Bis eben habe ich die Aussage des Kindes für eine Einbildung gehalten – der Junge hatte Angst und machte in seiner Fantasie aus einem Einbrecher eine Gruselgestalt. Das kommt vor. Aber er hat sie genauso beschrieben, wie du es gerade getan hast.«

»Es handelt sich um den sogenannten Mottenmann«, sagte Justus. Er gab eine kurze Zusammenfassung dessen, was sie bislang wussten – was ja nicht allzu viel war.

»Ein als Horrorwesen verkleideter Einbrecher, der einen Teddybären stiehlt«, sagte Cotta. »Wenn ihr nicht schon hier wärt, müsste ich euch glatt rufen. Ein Fall, wie geschaffen für die drei ???. Leider ist die Lage ernster. Ein Kind zu bedrohen, ist ein Fall von ganz anderem Kaliber. Ich muss jetzt ins Haus und mit der Familie sprechen.«

»Dürfen wir Sie begleiten?«, fragte der Erste Detektiv.

»Justus, du weißt …«, erwiderte Cotta.

»Wir möchten nur rasch ein paar Fragen stellen – immerhin sind wir ebenfalls Zeugen, wenn auch an einem anderen Schauplatz dieses Geschehens, und können das eine oder andere verifizieren oder falsifizieren und damit zur Erhellung beitragen.«

Der Inspektor sah ihn mit hochgezogenen Augenbrauen an. »Aber ihr bleibt bei mir, und wenn ich euch bitte zu gehen, dann werdet ihr das sofort tun. Klar?«

»Natürlich, Sir.«

Mit dieser einfachen Möglichkeit, einen Eindruck von dem Vorfall im Haus zu gewinnen, waren die beiden Detektive fürs Erste sehr zufrieden. Der Polizist nahm sie mit zur Eingangstür. Der Familie stellte er Justus und Peter als Zeugen vor, denen er etwas zeigen wollte, sodass sie einen Vergleich ziehen konnten. Die Besitzer der Villa baten alle herein – es handelte sich um einen vielleicht fünfzigjährigen Mann und seine weitaus jüngere Frau, die sie im Flur erwartete, wo sie zunächst auch stehen blieben.

Neben der Klingel hatte Justus den Namen der Familie entdeckt: *Anderson*. Das Kind hatte dem Teddy also einfach seinen eigenen Nachnamen gegeben.

»Diese Jungen«, Cotta wies auf die beiden Detektive, »haben in dieser Gegend eine Gestalt beobachtet, die dem Wesen ähnelt, das Ihr Sohn beschrieben hat, Mr und Mrs Anderson.«
»Aha«, machte die Frau. Sie war blass und sah nervös aus.
»Dürfen sie Ihrem Sohn einige Fragen stellen?«, fragte Cotta.
»Sicher«, sagte der Vater. »Wenn Sie das für richtig halten?« Er sah Inspektor Cotta an.
Der nickte.
Mrs Anderson ging zur Treppe. »Ich hole ihn. Aber bitte, regt Aiden nicht noch mehr auf. Er hat sowieso schon Angst.«
Der Hausherr führte sie inzwischen ins Wohnzimmer. »Hier hat Aiden den Einbrecher gesehen, als er vorhin aufgestanden ist, um seinen Teddy zu suchen, den er gestern Abend auf der Couch hatte liegen lassen.«
»Normalerweise nehme ich ihn immer mit ins Bett!«, rief der Junge, der gerade durch die Tür hereinkam. Seine Mutter ging neben ihm und hatte ihm den Arm beschützend um die Schulter gelegt. Sonderlich verängstigt sah Aiden allerdings nicht aus, eher so, als fände er es ziemlich cool, mit der Polizei zu sprechen.
»Was genau hat der Einbrecher gerade getan, als du ihn gesehen hast?«, fragte Justus.
»Du meinst, der Geist«, verbesserte Aiden altklug.
»Beschreib ihn«, bat Peter.
»Der war groß und schwarz und seine Augen haben geleuchtet! Außerdem hatte er Flügel am Rücken!«
»Der Junge hat das vorhin schon erzählt«, sagte Mrs Anderson. »Er ist furchtbar aufgeregt, da geht seine Fantasie mit ihm durch. Bitte entschuldigen Sie das, Inspektor.«

»Aiden hat sehr gut beobachtet«, sagte Justus. »Es handelt sich um eine Verkleidung.«

»Das habe ich natürlich gewusst«, sagte das Kind im Brustton der Überzeugung.

»Und was hat der fremde Kerl getan?«, fragte der Erste Detektiv erneut.

»Er stand vor der Wand herum.«

»Wo genau?«

Aiden dachte nach und wies dann auf eine Stelle, die dem Fenster gegenüberlag. Dort hing ein großes Gemälde, das eine Blumenwiese zeigte, über der gerade die Sonne aufging – bei Weitem nicht das einzige Bild. Die Andersons schienen Kunstliebhaber zu sein.

»Genau dort?«, fragte Aidens Vater. »Bist du sicher?«

»Warum überrascht Sie das so?«, fragte Inspektor Cotta.

»Könnte es sein«, fragte Justus, »dass dieses Bild besonders wertvoll ist?«

»Du kennst dich aus, Junge! Es ist das einzige Original. Die anderen sind ein paar Dollar wert ... dieses hier sogar einige tausend!«

An einen Zufall glaubten die beiden Detektive nicht – aber was war hier vorgefallen? War der Mottenmann nicht nur eingedrungen, um irgendwelches diffuse Unglück zu verbreiten? Hatte er das gezielt tun wollen, indem er dieses wertvolle Gemälde stahl? Oder war er selbst überrascht gewesen, als er den Wert des Bildes erkannt hatte, und wollte dann die Gelegenheit beim Schopf ergreifen? Wie auch immer – dabei war ihm jedenfalls Aiden dazwischengekommen.

»Wie ging es dann weiter?«, fragte Peter den Jungen.

»Ich bin reingekommen, um Teddy zu holen. Da hab ich den Geist gesehen und gesagt, er soll verschwinden!«

»Hattest du keine Angst?«

»Nicht richtig. Jedenfalls nicht vor dem Geist. Nur um Teddy! Ich hab ihm gesagt, er soll Teddy in Ruhe lassen! Da hat er sich umgedreht, Teddy entführt und ist aus dem Fenster abgehauen.«

»Du bist ein mutiger Junge«, sagte der Zweite Detektiv. »Der Mottenmann ist …«

»Ich glaube, ihr habt genug gehört«, unterbrach ihn Inspektor Cotta. »Danke für eure Hilfe und dass ihr bestätigt habt, dass wir es mit demselben verkleideten Einbrecher zu tun haben. Wenn ihr Neues erfahrt, meldet euch bei mir. Um den Rest hier kümmere ich mich.« Er wies auf die Tür.

Die beiden Freunde folgten der Aufforderung, verabschiedeten sich von der Familie und verließen das Haus.

Draußen sagte Peter: »Es ist eindeutig: Der Mottenmann bringt Unglück über die Leute, die in Mr Huntingtons Umgebung wohnen.«

»Und in diesem Fall hätte er sich ganz nebenbei noch mit diesem Kunstwerk bereichert«, ergänzte Justus. »Er scheint sich wirklich gut mit Gemälden auszukennen. Erst fertigt er eine perfekte Kopie von Huntingtons Bild, jetzt erkennt er den Wert von diesem hier. Das findet man auch nicht oft – eine Motte mit Sinn für Kunst …«

Sie beschlossen, sich noch weiter in der Nachbarschaft umzusehen in der Hoffnung, auf weitere Spuren zu stoßen. Und sie mussten nicht lange suchen, um fündig zu werden. Nur knapp fünfzig Meter weiter stand ein Mann vor seiner Villa, mit dem

Rücken zur Straße, und rief immer wieder: »So ein Unglück! So ein Unglück!«

Er bemerkte die beiden Detektive nicht, bis Peter ihn ansprach: »Entschuldigen Sie, Sir?«

Erschrocken drehte er sich um. Er trug eine Brille und mochte etwa sechzig Jahre alt sein. »Was wollt ihr?«, zischte er.

»Verzeihung, Sir. Wir haben gehört, wie Sie …«

»Jaja! Tut mir leid. Ihr habt mich überrascht.«

Justus trat einen Schritt näher. »Darf ich Sie fragen, was passiert ist?«

»Seht selbst!« Der Mann ging beiseite und deutete auf zwei gewaltige Blumentöpfe. Darin steckten Blumen, oder vielmehr das, was von ihnen übrig geblieben war. Viele Blütenblätter waren abgefallen, andere sahen verwelkt und braun aus. Außerdem stank es faulig und irgendwie sauer. »Meine Zierrosen! Wisst ihr, wie viel Arbeit ich in diese Pflanzen gesteckt habe? Könnt ihr euch das vorstellen?!« Er klang wütend und traurig.

»Äh, natürlich, Sir«, sagte Peter.

»Und Ihre Blumen sind ganz plötzlich eingegangen?«, vermutete Justus, der nun auch das Namensschild neben der Klingel lesen konnte: Andy Garlington. »Gestern waren sie noch in Ordnung, Mr Garlington, richtig?«

»Woher weißt du das?« In der Frage klang eine große Portion Misstrauen mit. »Es stimmt – und das ist eigentlich unmöglich. Gut gepflegte Zierrosen gehen nicht einfach über Nacht ein!«

»Ist Ihnen gestern Abend vielleicht etwas Ungewöhnliches widerfahren, Sir?«, fragte Justus.

Mr Garlington musterte Justus jetzt von oben bis unten. »Wie kommst du darauf, mich das zu fragen?«

»Uns ist der Bericht über einige Unglücksfälle in der Umgebung zu Ohren gekommen. Es ging dabei nicht um zerstörte Blumen wie bei Ihnen, aber die Fälle sind doch vergleichbar. Und deshalb vermute ich, dass Sie eine – nun, lassen Sie es mich so ausdrücken –, eine seltsame Gestalt gesehen haben, ehe dieses Unglück passiert ist.«

Nun stand das Misstrauen überdeutlich in Mr Garlingtons Gesicht geschrieben. Er starrte die Jungen durch seine Brille an. »Dieses geflügelte Insektending! Lächerlich! Wart ihr das etwa? Habt ihr euch als Riesenkäfer verkleidet, oder was immer das sein sollte? Was geht in den Köpfen von jungen Leuten wie euch bloß vor?«

»Nein, Sir, wir haben uns nicht verkleidet und auch Ihre Rosen nicht zerstört«, sagte Justus. »Wir suchen vielmehr nach demjenigen, der als diese Gruselgestalt auftritt.«

Andy Garlington verdrehte die Augen. »Und was hat das alles mit meinen Blumen zu tun?«

»Eine sehr gute Frage«, meinte Peter. »Wir werden es hoffentlich herausfinden.«

Ein geldgieriges Insekt

Bob schrie auf, als die Fensterscheibe zerbarst. Eine dunkle Gestalt landete krachend vor seinem Schreibtisch, umgeben von Glassplittern. Sie breitete die Arme aus – nein, Flügel, die im Wind rauschten. Bob rollte sich aus dem Bett, sprang auf die Füße. Er hörte ein Gurgeln, vermischt mit dumpfen Worten, die er nicht verstand. Die Augen in dem schwarzen, seltsam konturlosen Gesicht leuchteten wie rote Sonnen. Bob warf sich herum, riss die Tür auf, floh, doch es gab keinen Boden mehr und er stürzte ab, in einen grauen, wallenden Nebel. Er fiel und fiel und der Mottenmann sprang ihm nach, mit flatternden Flügeln, und das Glühen der Augen kam näher und näher, immer heller, bis er …

… nach Luft schnappte, als er aufwachte. Sein ganzer Körper war in Schweiß gebadet. Er strampelte die Bettdecke von sich. So ein Albtraum sah ihm gar nicht ähnlich. Es hatte sich bedrückend echt angefühlt.

Albern!

Der dritte Detektiv schüttelte missmutig die nächtlichen Bilder ab. Er hatte Wichtigeres zu tun. Er schlüpfte in ein paar Kleider und ging nach unten. Heilfroh darüber, dass seine Eltern nicht im Haus waren und er deshalb in Ruhe nachdenken konnte, frühstückte er rasch, putzte die Zähne und fuhr den Computer hoch. Es gab eine Menge zu recherchieren, und als ersten Schritt wollte er sich im Internet umsehen.

Aus dem Papierfach des Druckers zog er eine Seite und notierte sich darauf drei Punkte, die er dick unterstrich.

- Mottenmannlegende
- Port Hardy
- riesiger Mottenflügel

Er überlegte kurz und setzte dann ein großes Fragezeichen:

- Port Hardy?

Spielten die Geschehnisse vor über hundert Jahren in Port Hardy überhaupt eine Rolle für das aktuelle Geschehen? Wahrscheinlich schon. Immerhin war dort Mr Huntingtons Vater dem Mottenmann zum ersten Mal begegnet und hatte sich seitdem verfolgt gefühlt. Dort lag der Ursprung der Verknüpfung zwischen der Familie Huntington und dem Mottenmann. Bob war sicher, dass es nicht um irgendeinen vagen Unglücksfluch ging, sondern dass etwas sehr Handfestes dahintersteckte.

Er ging ins Internet und öffnete die Seite einer Suchmaschine. Er wollte zuerst die Überlieferung der Legende studieren, weil sich daraus vielleicht ein anderer Ansatzpunkt ergab, ein anderer Blickwinkel, der eine neue Spur aufbrachte.

Er fand verschiedene Zeichnungen des Mottenmanns – mal als eher gebückte, fast affenartige Kreatur, mal als hoch aufgerichtetes, klapperdürres Schreckenswesen. Allen Darstellungen gemeinsam waren die dünnen, fast filigranen Flügel – wenn sie sich auch manchmal zwischen Armen und Brustkorb spannten, dann wieder auf dem Rücken wuchsen. Aus jedem einzelnen Bild jedoch starrten ihm die großen, rot glühenden, unheimlichen Augen entgegen.

Bob hatte ein mulmiges Gefühl im Magen, als er die Beschreibungen zur Legende um das Mischwesen aus Mensch und Motte las. Stets wurde betont, dass der Mottenmann geradezu riesig war. Hatte das auch so im Tagebuch gestanden? Bob versuchte sich zu erinnern, aber dieses Detail wollte ihm nicht mehr einfallen. Die Gestalt, die er mit Peter hinter dem Haus gesehen und verfolgt hatte, war jedenfalls nicht sonderlich groß gewesen. Das wiederum beruhigte Bob ein wenig.
Die Legende besagte, dass der Mottenmann seit Jahrhunderten in verschiedenen Ländern auftauchte – und wer immer ihn sah, dem brachte er Unglück. Es gab schreckliche Geschichten von Unfällen, Krankheiten, abgebrannten Häusern und Familienstreitigkeiten.
Dieses Wesen stellte den persönlichen Kindheitsschreck ihres Auftraggebers dar, der ihn nun im hohen Alter einholte.
Welche Ansatzpunkte bot ihnen das?
Zum einen kam Bob in den Sinn, dass sie herausfinden sollten, wer davon wusste. Wer aus Huntingtons Vergangenheit oder aus dem Umfeld seines Vaters könnte um diese schlimme Kindheitserinnerung wissen und sie ausnutzen?
Zum anderen fragte sich der dritte Detektiv, ob nicht mehr dahinterstecken musste, als die Tagebuchaufzeichnungen aussagten. Jacob Huntington war diesem mystischen Wesen begegnet, der Matrose Herman hatte sich vermeintlich deswegen beide Arme gebrochen – reichten diese beiden Erlebnisse aus, dass sich jemand ein Leben lang verfolgt fühlte? Und die Angst vor dem Mottenmann sogar an seinen Sohn weitergab?
Der dritte Detektiv tippte nun »Mottenmann« und »Port Hardy« ein.

Die Suche brachte keinen einzigen Treffer.
Verflixt!
Also suchte er nur nach dem Namen der Hafenstadt und wurde von Ergebnissen geradezu erschlagen. Sich durch diesen Wust an Informationen zu arbeiten, konnte dauern. Ein wenig wehmütig schaute Bob nach draußen. Die Sonne schien, das Wetter war eigentlich ideal für einen Strandtag. Aber die Arbeit ging vor. »Recherchen und Archiv: Bob Andrews«, murmelte der dritte Detektiv.
Bald gewann er zumindest einen groben Überblick über die frühe Geschichte der Hafenstadt, also die Zeit, in der sich Jacob Huntington dort aufgehalten hatte.
Schon lange vor der eigentlichen Stadtgründung lebten Menschen in der Gegend – die beiden Indianerstämme der Kwakwaka'wakw und der Nuu-cha-nulth. Ganz in der Nähe der Stadt lag die sogenannte Bärenbucht, in der uralte Fundstücke entdeckt worden waren, die auf eine Besiedelung schon vor 5000 Jahren und mehr schließen ließen. Die ältesten Belege waren sogar 8000 Jahre alt. Dazu gab es eine Ausstellung im kleinen »Port Hardy Museum & Archives«, in der man sich diese überaus wertvollen Zeugen der Vergangenheit anschauen konnte.
Heute lebten in Port Hardy nur wenige tausend Menschen, und als Mr Huntingtons Vater dort gewesen war, war es eher eine Siedlung als eine Stadt gewesen. Nur gut hundert Siedler fassten damals gerade dort Fuß.
Bob suchte nach Informationen zum Umzug der Stadt, denn Jacob hatte in seinem Tagebuch vermerkt, dass die Indianer den Mottenmann deswegen zu den Siedlern geschickt hatten.

Er fand jedoch lediglich heraus, dass zu dieser Zeit der Handel und der sonstige Austausch mit den Indianerstämmen durchaus rege gewesen waren. Und trotz der Informationsfülle, durch die sich Bob arbeitete, fand er nirgendwo einen Hinweis auf irgendeine Schreckensgestalt. Konnte es sein, dass Jacob Huntington sich seine Geschichte nur ausgedacht hatte? Andererseits wurde natürlich nicht alles in offiziellen Quellen überliefert. Deshalb waren persönliche Berichte von Zeitzeugen – wie eben Tagebucheinträge oder mündliche Überlieferungen – so wichtig.
Für Bob stand fest, dass er so nicht weiterkam. Er machte sich eine neue Notiz und unterstrich das Wort doppelt.

– Stadtumzug

Was konnte die Indianer so daran gestört haben, dass sie den Mottenmann schickten? Wie immer das konkret ausgesehen haben mochte. Auch Jacob Huntington hatte damals sicher nicht das echte Gruselwesen gesehen.
Bob schaute auf die Uhr. Es war kurz vor zehn Uhr. Bob schnappte sich sein Handy und rief den Ersten Detektiv an.
»Ich bin's«, sagte Bob. »Seid ihr schon bei Mr Huntington?«
»Gerade sind wir in der Nachbarschaft unterwegs.« Der Erste Detektiv berichtete knapp von den Ereignissen im Haus der Familie Anderson und dem *Unglücksfall* mit den Zierrosen.
»Wenn ihr wieder bei Huntington seid«, bat Bob, »fragt ihn nach dem Umzug von Port Hardy an die Westseite der Bucht. Ob sein Vater ihm dazu noch mehr Details berichtet hat als die aus dem Tagebuch.«

»Warum? Hast du dazu etwas Bestimmtes entdeckt?«
»Eben nicht! Das Tagebuch besagt ja, dass der Umzug mit dem Mottenmann in Verbindung steht, aber ich kann nichts Offizielles darüber finden.«
Justus versprach, Mason Huntington darauf anzusprechen.
Nun wollte sich Bob endlich dem letzten Punkt seiner kleinen Liste widmen – der Frage nach dem riesigen Stück des Mottenflügels.
Was würde er ans Licht bringen?
Ein Rieseninsekt?

Peter klingelte.
Kurz darauf winkte Mason Huntington sie ins Haus. Er sah erschöpft aus. »Ich wusste es«, empfing er die beiden Detektive. »Der Mottenmann bringt Unglück über meine lieben Nachbarn!«
»Sie haben von dem Puppenwagen gehört?«, fragte der Zweite Detektiv.
»Und von dem Einbruch bei den Andersons und den vernichteten Zierrosen! Hier in der Nachbarschaft geschieht nie etwas Wichtiges, ohne dass wir uns davon erzählen.« Mr Huntington nestelte nervös an seiner Kapitänsmütze. »Nur ich verheimliche die Sache mit dem Mottenmann, und das macht alles nur noch schlimmer! Es ist meine Schuld, dass er hier ist, und ich stehe nicht einmal dazu!«
»Es ist nicht Ihre Schuld«, sagte Peter.
»Das Unglück breitet sich aus – genau wie damals bei meinem Vater! Denkt an den armen Matrosen mit den gebrochenen Armen … und nun ergeht es meinen Nachbarn ebenso!«

»Sie fürchten den Mottenmann«, sagte Justus, und weil er nicht schon wieder Unmut wecken wollte, ergänzte er: »Das kann ich verstehen. Aber wir finden sicher einen Weg, Sie zu schützen. Wir haben einige Fragen an Sie, Sir.«
Sie setzten sich. Das Bild mit der Waldlandschaft – und ohne den Mottenmann – hing an seinem gewohnten Platz. »Was wollt ihr wissen?«
»Hat Ihnen Ihr Vater mehr über den Umzug von Port Hardy berichtet? Vor allem, warum es aufgrund der Stadtverlegung Streit zwischen Siedlern und Indianern gab? In den Tagebucheinträgen hatte er noch keine Erklärung dafür.«
»Ein bisschen was weiß ich darüber. Die Indianer lebten ja schon lange im Gebiet der Bucht und sie unterhielten dort heilige Plätze. Auch Friedhöfe.«
»Also haben die Siedler am neuen Platz der Stadt heiliges Land entweiht?«, fragte Peter.
»Zumindest hat mein Vater das vermutet. Ich weiß noch, wie er einmal erzählt hat – in einer Nacht, als wir campen waren, am Lagerfeuer –, wie er mit seinem Freund Ben im Bereich der neuen Häuser einen Tierfriedhof gefunden hat. Angeblich wurden sie dort von einem leuchtenden Büffel fast zu Tode getrampelt, der wie aus dem Nichts aufgetaucht ist.«
»Ein Büffel-Geist?«, fragte Peter. »Das klingt …«
»… albern, ich weiß. Das war natürlich nur eine Schauergeschichte.«
»Haben die Indianerstämme jemals die Siedler angegriffen? Oder umgekehrt?«, fragte Justus. Er wollte es nicht kommentieren, dass Mr Huntington das für eine Schauergeschichte hielt, alles um den Mottenmann jedoch glaubte.

»Nicht dass ich wüsste. Aber das kann man doch sicher irgendwie herausfinden. Es gibt bestimmt eine Menge Bücher darüber.«

»Bob ist schon an der Sache dran«, erklärte Peter.

Es klingelte.

Mason Huntington erstarrte für einen Moment, ehe er über sich selbst den Kopf schüttelte. »Wenn das so weitergeht, werde ich noch zum Nervenwrack. Vielleicht ist es nur der Postbote.« Er lachte. »Wartet einfach hier. Falls mir jemand etwas verkaufen will, wimmle ich ihn ab. Ich bin gleich zurück.« Er verließ das Zimmer.

»Dieser Jacob Huntington«, sagte Peter, »hat seinem Sohn echt gruselige Storys erzählt.«

»Wir müssen dringend herausfinden«, ergänzte Justus, »warum sich Jacob verfolgt gefühlt hat. Und ob er überhaupt tatsächlich verfolgt worden ist. Natürlich nicht vom Mottenmann ... aber vielleicht von irgendwelchen Leuten aus Port Hardy. Oder von seinem Kapitän. Von den Indianern. Von diesem Herman. Ich habe das Gefühl, dass die Ereignisse hier mit der Vergangenheit in Verbindung stehen.«

Der Zweite Detektiv hob den ausgestreckten Zeigefinger an die Lippen. »Just, sei mal still!«

»Was –«

»Psst!« Peter stand auf und ging Richtung Tür, um besser in den Flur lauschen zu können.

Tatsächlich!

Das war Inspektor Cotta!

»Ja, es muss heute Nacht passiert sein«, sagte der Polizist gerade. »Sie haben nichts gesehen oder gehört?«

»Ich habe zu der Zeit noch geschlafen, so gut es ging. Ich fühlte mich nicht besonders wohl, wissen Sie? Sie können gerne die Jungs fragen, die wissen, dass ich gerade eine schwierige Zeit habe.«

»Die Jungs?«

»Zwei sind hier. Drüben im Wohnzimmer. Kommen Sie doch rein.«

Rasch eilte Peter zurück zur Couch und setzte sich hin. »Das glaubst du nicht«, flüsterte er, ehe die Tür aufging.

Mason Huntington trat ein, dicht gefolgt von Inspektor Cotta. »Aha. So sieht man sich wieder. Ich muss Mr Huntington als möglichen Zeugen befragen.«

»Zum Teddy-Diebstahl?«, fragte Justus.

»Nein. Es wurde vor wenigen Minuten ein zweiter Einbruch gemeldet – die Hausbesitzer waren über Nacht unterwegs und haben es bei ihrer Rückkehr vorhin entdeckt. Zwei Häuser weiter, in der Nummer 17. Und diesmal gab es reichhaltigere Beute als nur einen Teddybären. Der Einbrecher hat wertvollen Schmuck erbeutet.«

»Ein Einbruch in Nummer 17«, murmelte Mason Huntington. »Die Grearys also auch.« Er schnappte hörbar nach Luft.

»Von dieser Sache haben wir leider noch nichts gehört«, sagte Peter. Er unterdrückte ein Lachen. »Aber diese Motte scheint ein ziemlich geldgieriges Insekt zu sein.«

Justus wandte sich ihrem Auftraggeber zu. »Ein weiteres Indiz dafür, dass wir es mit einem Verbrecher aus Fleisch und Blut zu tun haben.«

Mr Huntington sagte nichts dazu.

»Dann komme ich hier nicht weiter.« Inspektor Cotta verabschiedete sich und bat die Jungen, ihn auf dem Laufenden zu halten, wenn sie eine vielversprechende Spur zu dem Einbrecher entdecken sollten.
Kaum war der Polizist weg, klingelte es erneut.

Laothoe populi und andere Spuren

Mason Huntington, der sich eben hingesetzt hatte, bat Peter, rasch zu öffnen. Der Zweite Detektiv folgte der Aufforderung. Draußen grinste ihm Bob ein wenig verschwitzt entgegen. Er war ebenfalls mit dem Fahrrad ins Villenviertel gekommen. »Ich bringe spannende Nachrichten«, sagte er.

Im Wohnzimmer wartete Bob dann tatsächlich mit einer Überraschung auf. »Ich habe zu dem Flügelstück recherchiert. Es sieht ja so aus, als wäre es ein herausgerissener Fetzen eines noch viel, viel gigantischeren Flügels. Aber wenn wir stattdessen davon ausgehen, dass es sich nahezu um den kompletten Flügel handelt, von dem nur die Ränder vorsichtig entfernt worden sind ...«, Bob machte eine dramatische Pause, »... dann haben wir es zwar nach wie vor mit einem riesigen Tier zu tun, gewaltiger als die Motten, wie wir sie kennen. Aber, ob ihr es glaubt oder nicht, es gibt wirklich eine Motte, die groß genug wäre für so einen Flügel.«

»Ehrlich?«, fragte Peter erleichtert.

»Die sogenannte Riesenmotte. Korrekter Name: Pappelschwärmer. Oder, für Justus, mit der lateinischen Bezeichnung: *Laothoe populi.* Kommt vor allem in Europa und im Nahen Osten vor, aber man kann die Tiere auch bei uns erwerben. Sie werden als Futtermittel benutzt, zum Beispiel für Schlupfwespen. Ich wette, irgendwo in Los Angeles in einer großen Zoohandlung würde man fündig. Notfalls könnte man sie bestellen. Ich habe das Stück mit Fotos von Pappelschwärmer-Flügeln verglichen. Es passt auch von der Farbgebung und der Struktur her.«

Peter sah erleichtert aus. »Also ein raffiniertes Täuschungsmanöver. Na ja … nicht, dass ich etwas anderes erwartet hätte.«

»Natürlich nicht«, meinte Bob trocken.

»Exzellente Recherche, Dritter«, lobte Justus. »Es wurmt mich, dass ich nicht selbst darauf gekommen bin – es gibt natürlich riesige Falter, das ist schon klar … aber eben nicht solche mit derartigen Flügeln. Abgesehen von *Laothoe populi*, wie Bob herausgefunden hat. Und was lernen wir daraus? Ich meine, abgesehen von der Tatsache, dass man alles überprüfen muss, wenn man es mit einem verzwickten Fall zu tun hat?«

»Dass sich unser Gegner wirklich so einiges einfallen lässt«, sagte Peter.

»Und dass wir umdenken müssen, um anderen Aspekten nachzugehen!« Bob sah ihren Auftraggeber an, der die ganze Zeit geschwiegen hatte. »Mr Huntington, wer könnte aus Ihrem Umfeld davon wissen, dass der Mottenmann gewissermaßen das Schreckgespenst Ihrer Kindheit ist? Haben Sie Geschwister? Kinder?«

»Nein«, sagte der alte Mann und ergänzte leise, kaum hörbar: »Leider.«

»Was ist aus Benjamin geworden?«, fragte Bob. »Also aus dem Freund Ihres Vaters während der Seereise?«

»Onkel Ben? Er ist vor etlichen Jahren gestorben. Das liegt ja alles schon so lange zurück, er wäre heute genau wie mein Vater weit über hundert Jahre alt.«

»Klar, aber hatte er Kinder? Leben sie vielleicht noch? Sie müssten ja in Ihrem Alter sein, Mr Huntington.«

»Das sind sie, ja. Benjamins Sohn Franklyn war eine Zeit lang fast so etwas wie mein Bruder. Mein bester Freund. Onkel Ben hatte ein Haus ganz in der Nähe gebaut, es später aber verkauft. Franklyn wohnt in Los Angeles. Das nehme ich zumindest an. Wir … ach, es ist traurig. Wir stehen seit bestimmt zwanzig Jahren nicht mehr in Kontakt. Franklyn Seymoure.« Er sprach den Namen wehmütig aus. »Der Kontakt ist wie gesagt schon vor Ewigkeiten eingeschlafen. Aber ich habe seine Adresse und Telefonnummer bestimmt noch irgendwo, falls er nicht umgezogen ist. Die kann ich euch natürlich geben. Oder sollte ich … Ach nein …«

Die drei ??? fragten nach und erfuhren, dass ihr Auftraggeber und sein ehemals bester Freund nicht im Streit auseinandergegangen waren. Sie hatten sich im Laufe der Jahre auseinandergelebt, sich anfangs immerhin noch zum Geburtstag und zu Weihnachten angerufen, bis sie auch das immer häufiger und schließlich ganz vergessen hatten.

Es gab außerdem noch Franklyns Schwester, zu der Mason Huntington aber noch weniger sagen konnte – außer dass sie Annabelle hieß und vor etwa fünfzig Jahren geheiratet hatte. An ihren neuen Nachnamen erinnerte er sich nicht mehr.

»Kollegen, das klingt nach einer Menge Arbeit«, sagte Justus. »Wir sollten uns trennen, um den neuen Spuren gleichzeitig nachzugehen.«

»Ich bleibe in der Villa und suche die alten Reisetagebücher«, sagte Bob.

Peter nickte. »Prima! Dann fahren Justus und ich los, um die Kinder des ehemaligen Freundes von Jacob Huntington zu suchen …«

Bob sah wenig Sinn darin, einfach drauflloszusuchen. Offenbar hatte Jacob Huntington die Tagebücher in der Villa bewusst versteckt …

Der dritte Detektiv dachte nach. Vielleicht durfte er sich gar nicht auf die Villa beschränken. »Mr Huntington, was lagern Sie draußen im Geräteschuppen?«

»Na, Gartenzeug und so etwas. Dort hat mein Vater die Tagebücher sicher nicht versteckt. Und darunter gibt es nur einen alten Weinkeller, den ich schon ewig nicht mehr benutze. Das Alter, weißt du? Ich komme die ausgetretenen Stufen nicht mehr sicher nach unten, ganz zu schweigen von der schweren Bodenklappe, die ich nicht mehr hochbekomme.«

»Ein Weinkeller?«, fragte Bob. »Das ist ja interessant.«

»Findest du? Dort versteckt man doch keine Tagebücher. Ich war zwar schon lange nicht mehr unten, wie gesagt, aber früher habe ich ihn viel genutzt. Als Kind fand ich es immer gruselig dort unten, auch wenn ich nicht oft hineindurfte. Mein Vater hatte eine Vorliebe für teuren Wein, weißt du, und fürchtete, ich könnte die Flaschen kaputt machen. Aber wenn ich hinunterkonnte, habe ich lange dort gespielt, nur im Licht einer alten Öllaterne.«

»Vielleicht sind die Tagebücher ja doch dort.«

»Wenn du meinst. Aber da würde ich mir keine großen Hoffnungen machen. Später, als Erwachsener, war ich auch oft unten. Ich hätte sie sicher gefunden.«

»Wie hat Ihr Vater zu Ihnen gesagt? *Die Geister wachen über die Tagebücher!* Das passt doch ziemlich gut. Vielleicht meinte er damit keine indianischen Spukgestalten … sondern die *Wein*geister!«

»Oh, also … Ich … Oh.« Mr Huntington war völlig verblüfft. »Auf diese Idee bin ich nie gekommen.«

»Vielleicht gibt es dort unten ein Geheimversteck. Wie kommt man in den Weinkeller?«

»Der Zugang liegt im Boden, unter dem Tisch. Ich gebe dir den Schlüssel für das Sicherheitsschloss, mit dem die Zugangsluke verriegelt ist.«

Sollte Bob tatsächlich auf eine gute Spur gestoßen sein?

Der alte Mann öffnete eine Schreibtischschublade und zog einen Schlüsselbund heraus, an dem mindestens zehn Schlüssel klimperten, manche davon alte, klobige Dinger mit verzierten Griffen. »Einer davon müsste es sein.« Er sah sie nacheinander an. »Aber welcher?«

»Wenn es Ihnen recht ist, nehme ich alle mit.«

»Gern.«

Bob schnappte sich den Schlüsselbund und wollte sich gerade auf den Weg machen, als es zum dritten Mal klingelte. Da er schon fast im Flur stand, bat Mr Huntington ihn, zu öffnen.

Vor der Tür stand Xeni, mit großen Augen und offensichtlich ein wenig aufgeregt. Sie hielt einen Zettel in der Hand. »Ich habe eine Botschaft für Mr Huntington«, sagte sie. »Vom Mottenmann!«

Xenia-Hortensias Botschaft

»Was?« Bob starrte das Mädchen an.
»Du hast mich bestimmt verstanden«, sagte Xeni altklug.
»Ja, natürlich, ich ...« Der dritte Detektiv winkte ab. »Komm rein.«
»Soweit ich weiß, gehört die Villa nicht dir.«
Bob hörte leicht schlurfende Schrittgeräusche hinter sich. Mason Huntington stellte sich neben Bob. »Aber mir. Guten Tag, Xenia-Hortensia.« Er erkannte das Mädchen sofort.
»Guten Tag, Mr Huntington«, sagte es höflich.
»Warum bist du hier?«
»Sie hat den Mottenmann gesehen«, sagte Bob. »Neulich schon, als wir auch bei den Brankles im Garten waren. Und jetzt anscheinend noch einmal.«
»Ja, und diesmal ganz nah!«, piepste Xenia aufgeregt. »Riesengroß, dunkelschwarz und mit riesigen leuchtenden Augen!« Ihre Augen waren fast ebenso groß. »Und er hat mit mir geredet. Er sagte, dass ich Mr Huntington eine Botschaft überbringen soll!«
Der Auftraggeber der drei ??? wankte und schnappte nach Luft. »Er hat mit dir geredet!«
Bob sah es nüchterner und versuchte, noch mehr Informationen zu sammeln. »Wann? Ist er noch in der Nähe?«
»Nachdem er mir alles gesagt hatte, ist er sofort weg. Weiß nicht genau, wie lange das her ist.«
Also war eine Verfolgung sicher sinnlos. »Und was sollst du Mr Huntington ausrichten?«

Sie hielt den Zettel dem alten Mann entgegen. »Das hier soll ich Ihnen geben und sagen, dass der Spaß vorbei ist und der Mottenmann zurückhaben will, was ihm gehört!«

»Wa...wa...was?«, stotterte Mr Huntington. Er streckte zwar die Hand aus, scheute sich jedoch, das Papier anzufassen.

»Darf ich?« Bob nahm die Botschaft und faltete den Zettel auseinander. Er war dicht mit einer sehr ordentlichen Handschrift beschrieben. Da hatte jemand genau darauf geachtet, anders als normal zu schreiben. Wahrscheinlich hätte Bob so nicht einmal die Schrift seiner Mutter erkannt.

»Was steht da?«, fragte Huntington.

»*Gib mir mein Eigentum zurück, Huntington*«, zitierte der dritte Detektiv. »*Sonst stürze ich nicht nur dich ins Unglück, sondern auch all deine Nachbarn. Es hat bereits begonnen! Und es wird weitergehen, wenn du nicht vernünftig bist.*«

»Genau, wie ich es sagte!«, unterbrach ihn Mr Huntington. »Es ist meine Schuld!«

Bob las weiter: »*Nur du bist in der Lage, es zu beenden. Gib mir wieder, was mir gehört, was dein Vater mir gestohlen hat, und ich kann nach Port Hardy zurückkehren. Heute um Mitternacht will ich es zurückhaben. Du wirst es in einem Paket am Ende der Straße hinterlegen, auf der Bank unter dem Baum! Niemand darf mich beobachten, wenn ich es hole! Niemand, verstehst du? Nur dann nehme ich es und gehe für immer zurück in meine Heimat.*«

Mason Huntington schloss die Augen. »Was soll das heißen? Mein Vater soll ein Dieb gewesen sein? Das ... das stimmt nicht! Das ist doch ...« Er lehnte sich gegen die Wand und schüttelte stumm den Kopf.

»Der Mottenmann ist nicht echt, Mr Huntington«, sagte Bob. »Jemand schauspielert, um Sie zu erpressen.«
»Aber …«
»Denken Sie daran: Das Flügelstück aus Ihrem Fenster stammt von einem Pappelschwärmer. Einem ganz normalen Tier! Die Unglücksfälle in der Nachbarschaft hat unser Gegner selbst inszeniert, um Sie einzuschüchtern. Er hat sich Leuten gezeigt und ist danach eingebrochen oder hat Pflanzenvernichtungsmittel auf irgendwelche Rosen gegossen!«
»Für dich ist das vielleicht eine Kleinigkeit, aber nicht für den armen Andy«, sagte Mr Huntington. »Sie sind sein ganzer Stolz. Er hat mir so oft davon erzählt. Ich kenne ihn schon ewig – er ist ein guter Freund, wenn er auch ein ganzes Stück jünger ist als ich. Schon unsere Väter waren oft zusammen. Und meinetwegen leidet er nun unter diesem Unglück! Du scheinst überhaupt nicht zu verstehen, wie schrecklich das für mich ist. Es ist meine Schuld!« Er war sichtlich mit seinen Nerven am Ende.
»Eben nicht! Es ist die Schuld des Mottenmanns und von niemandem sonst. Es gibt keinen Fluch. Sagen Sie doch selbst – wann hat man je von einer Spukgestalt gehört, die Zettel mit Drohbotschaften geschrieben hat? Ein sehr handfester Mensch aus Fleisch und Blut erpresst Sie!«
»Aber warum? Was will er? Wovon redet er? Was soll das heißen, ich soll das zurückgeben, was mein Vater gestohlen hat?«
»Wenn wir das nur wüssten«, sagte Bob.
Diese Nachricht brachte eine ganz neue Grundlage für ihre Ermittlungen – sie zeigte endlich, was der Mottenmann eigentlich wollte, auch wenn weder Mr Huntington noch Bob

sich einen Reim auf die Sache mit dem Diebesgut machen konnten.

Gib mir wieder, was dein Vater mir gestohlen hat!

Offenbar ging der Mottenmann davon aus, dass Mr Huntington darüber Bescheid wusste ... was jedoch nicht zutraf. Umso wichtiger war es, Licht in die Ereignisse der Vergangenheit zu bringen. Bob musste die alten Tagebücher finden!

»Ihr wisst also nicht, was der Mottenmann meint?«, meldete sich nun Xeni zu Wort. »Das ist dann ja blöd.«

Bob hatte sie völlig vergessen. »Danke, dass du uns den Zettel gebracht hast. Bitte geh jetzt wieder nach Hause. Deine Mutter wartet bestimmt auf dich. Vielleicht fragen wir dich später noch etwas – wäre das für dich okay?«

»Klar. Detektiv sein ist voll cool!«

Bob grinste. »Ist es auch. Aber ohne Zeugen, die so gut aufpassen wie du, wären wir aufgeschmissen.«

Das Mädchen schien um mindestens zehn Zentimeter zu wachsen.

»Du bist eine gute Detektivin!«

Xeni strahlte. »Viele Grüße an Peter und JJ!« Sie hüpfte gut gelaunt nach draußen.

»Die Tagebücher zu finden, ist jetzt dringender als je zuvor«, sagte Bob. »Der Mottenmann will heute um Mitternacht etwas von Ihnen haben ... aber wir wissen nicht einmal, was! Wir brauchen diese Tagebücher!«

Der dritte Detektiv rannte fast zum Weinkeller.

Die Tür zum Geräteschuppen hing noch immer schief in den Angeln und war nur angelehnt. Bob musste sie anheben, um sie aufziehen zu können. Drinnen war es düster, aber es gab einen Lichtschalter neben der Tür. Bob drückte darauf und eine Lampe flammte auf. Sie flackerte leicht.

Der Tisch, den Mr Huntington erwähnt hatte, war nicht zu übersehen – und darunter befand sich tatsächlich eine mit einem dicken Vorhängeschloss gesicherte Klappe. Allerdings war der Tisch über und über beladen mit alten Blumentöpfen aus Ton. Bob brauchte einige Minuten, um ihn freizuräumen und beiseiteschieben zu können.

Dann widmete er sich dem Schloss. Ein paar Schlüssel schieden aus, weil sie eindeutig zu groß waren. Der dritte, den er probierte, passte schließlich. Das Schloss sprang auf, Bob löste es und legte es beiseite. Die Klappe hatte einen Griff. Er wollte daran ziehen, als ihm auffiel, dass es ein weiteres Schloss gab. Hier wollte jemand aber ganz sichergehen. Bob fand auch dafür schnell den richtigen Schlüssel.

Endlich konnte er die Klappe hochstemmen ... oder es zumindest versuchen. Laut Mr Huntington war sie seit vielen Jahren nicht mehr benutzt worden und die Scharniere waren entsprechend verrostet. Zudem war sie sehr schwer. Es kostete den dritten Detektiv alle Kraft, sie zu öffnen.

Endlich lag eine Treppe aus steilen und engen ausgetretenen Steinstufen vor ihm, die in den alten Weinkeller führte. Bob schaute hinunter in tintige Schwärze; das Licht aus dem Schuppen erhellte nur die ersten Stufen. Muffiger Geruch stieg Bob entgegen, der ihm kurz den Atem verschlug.

Er ging vorsichtig nach unten. Je tiefer er kam, umso besser gewöhnten sich seine Augen an das Zwielicht auf der Treppe, und dadurch entdeckte er einen kleinen Lichtschalter an der gemauerten Steinwand. Er legte ihn um. Eine nackte Glühbirne, die an einem Kabel von der Decke baumelte, verbreitete schummrige Helligkeit in dem Weinkeller, der etwa drei Meter tief und fünf Meter breit sein mochte. Die Wände waren mit zahllosen Regalen vollgestellt, und auch in den Raum ragten einige hinein.

Bob ging ganz nach unten.

Die Regale waren voller Spinnweben, aber ansonsten leer. Mr Huntington hatte erwähnt, dass sein Vater eine Vorliebe für teure Weine gehabt hatte. Wenn diese Regale jemals gefüllt gewesen waren, hatte hier ein ganz ordentliches Vermögen gelagert. Was erneut die Frage aufwarf, wie ein einfacher Matrose wie Jacob Huntington an so viel Geld gekommen war.

Bob sah sich um. Gab es hier ein Geheimversteck? Sicher nicht in den Regalen mitten im Raum, die gut einsehbar waren und keine Möglichkeit boten, etwas zu verstecken.

Vielleicht ein Hohlraum im Boden? Oder in den Wänden?

Der Boden schien fugenlos glatt zu sein. Bob lief trotzdem alles ab und klopfte häufig auf den Lehm – zwar wirbelte er viel Staub auf, der sich über Jahre hier angesammelt hatte, aber nirgendwo klang es hohl. Er musterte die Regale – eine Menge leerer Fächer, in denen eine noch größere Menge Staub lag.

Bob ging die Regale entlang.

Wo würde er ein Geheimversteck anlegen? Dort, wo es ein Einbrecher am schlechtesten erkennen würde. Also nahm der dritte Detektiv sich die untersten Fächer vor. Er musste sich hinknien, um hineinsehen zu können. In seiner Hosentasche trug er wie meistens eine kleine Bleistift-Taschenlampe, die er nun anknipste. Eine Spinne huschte davon.

Nach einigen Minuten hatte er auf diese Weise alle Regale

durchsucht und war so schlau wie zuvor. Er wiederholte den Klopftest, um verborgene Hohlräume zu finden – diesmal jedoch nicht auf dem Boden, sondern an den Wänden. Wieder begann er bei den untersten Regalfächern.
Und tatsächlich! Einer der Mauersteine hörte sich hohl an!
Bob drückte dagegen. Der Stein gab nach und wie durch eine Federung ruckte er ein Stückchen nach vorne. Bob nestelte mit den Fingerspitzen an den Seiten, konnte den Stein schließlich ganz herausziehen und ebenso den darüberliegenden Mauerstein. Der dritte Detektiv blickte in eine dunkle Öffnung und leuchtete hinein. Dichte Spinnweben verhinderten die Sicht. Bob klemmte sich die Bleistiftlampe zwischen die Zähne und wischte das klebrige Zeug beiseite. Nun konnte er sehen, dass in dem Geheimfach etwas lag. Darauf glitzerte im Lichtstrahl eine Schicht Staub. Bob griff hinein und zog die Fundstücke heraus: schwere, dicke Bücher, in hellbraunes Leder gebunden – genau wie das Tagebuch, das Mr Huntington in seinem Wohnzimmer aufbewahrte!
Bob leuchtete noch einmal ins Geheimfach. Es war leer. Aber der dritte Detektiv war mit der Ausbeute durchaus zufrieden. Das also waren sie, die verschollenen Tagebücher, in denen hoffentlich eine Menge Antworten warteten …

Das große Vergessen

»Das war ja mal einfach«, meinte Peter. »Schadet auch nicht, wenn mal etwas problemlos klappt.«
Ihr Auftraggeber hatte in seinem Adressbuch die alte Anschrift und Telefonnummer von Franklyn Seymoure nachgeschlagen. Justus hatte erfolglos dort angerufen – nicht einmal ein Anrufbeantworter sprang an. Aber der Anschluss existierte noch. Es hatte nicht viel Mühe gekostet, in einem Online-Telefonbuch nachzuschlagen, welcher Teilnehmer unter der Nummer gemeldet war … und das war glücklicherweise nach wie vor Franklyn Seymoure!
Die Adresse lag am westlichen Stadtrand von Los Angeles, also keine allzu lange Autofahrt entfernt. Nach einem weiteren erfolglosen Anrufversuch hatten sich die beiden Detektive in Peters Auto auf den Weg gemacht.
»Hoffentlich treffen wir ihn an«, sagte Justus. »Gut möglich, dass er verreist ist, im Krankenhaus liegt oder sonst was. Hoffentlich machen wir die Fahrt nicht umsonst.«
»Wie wär's mit ein bisschen Optimismus?«
»Wenn er aus Gründen der Logik angebracht ist, gerne. Bald wissen wir mehr.«
Sie fanden ihr Ziel schnell. Peter entdeckte sogar einen Parkplatz nur wenige Meter entfernt und quetschte den MG in die Parklücke.
Franklyn Seymoures Haus erwies sich als kleines, einstöckiges Gebäude. Den im Verhältnis riesigen Vorgarten füllten schwarze und weiße Steine. Ein breiter Weg führte hindurch. Kies

knirschte unter den Füßen der beiden Detektive, als sie zur Haustür gingen.

Justus klingelte. Niemand öffnete.

Peter seufzte. »Wär ja auch zu schön gewesen.«

Bremsen quietschten. Ein alter, feuerroter Buick holperte über den Bürgersteig und blieb auf dem Kiesweg stehen. Eine blonde Frau stieg aus. Sie mochte etwa vierzig Jahre alt sein. »Wo wollt ihr denn hin?«, rief sie den Jungen entgegen.

»Zu Mr Seymoure«, erklärte der Erste Detektiv. »Ist er Ihr Vater?«

»Um Himmels willen, nein.« Die Frau schlug die Autotür hinter sich zu. »Wie kommst du auf die Idee?«

»Sie sind mit großer Selbstverständlichkeit aufs Grundstück gefahren und parken auf dem Kiesweg, der dafür eigentlich nicht gedacht ist. Da liegt die Annahme nahe, dass Sie öfter hierherkommen.«

Sie grinste. »Du bist ja ein ganz schlaues Kerlchen. Stimmt, ich bin häufig hier. Jeden Tag, meistens sogar mehrmals, und das für mehrere Stunden. Und ihr? Ich kenne euch jedenfalls nicht.«

»Wir möchten Mr Seymoure etwas fragen. Sein alter Freund Mr Huntington schickt uns.«

»Huntington … ja, schon mal gehört. Wer war das bloß?«

»Sie waren früher gute Freunde.«

Die junge Frau nickte. »Ach ja, Franklyn hat davon erzählt. Leider war das nicht immer so richtig klar. Er …« Sie winkte ab und zeigte ein verkniffenes Lächeln. »Na ja, aber das wisst ihr wohl.«

Die beiden Detektive wechselten einen verständnislosen Blick.

»Uns ist durchaus nicht bewusst, was Sie meinen, Mrs …?«, fragte Justus.
»Ich bin Liane Shore«, sagte sie. »Mr Seymoures private Krankenpflegerin. Oder, wie er mich gerne nennt, seine gute Seele.«
»Was hat er denn?«, wollte Peter wissen.
»Ihr scheint ihn ja nicht gut zu kennen, wenn ihr das nicht wisst«, sagte Liane. »Aber ihr sagtet ja, dass dieser Mr Huntington euch schickt. Sie haben sich ewig nicht gesehen, oder?«
»Das stimmt«, erklärte Justus. »Beides, übrigens.«
»Beides?«, fragte sie verwirrt.
»Sie haben sich lange nicht gesehen. Und wir kennen Mr Seymoure nicht gut. Genauer gesagt, überhaupt nicht.«
»Ach so. Ich weiß nicht, ob ich euch reinlassen sollte. Es kommt drauf an, wie es ihm heute geht. Lasst mich mit ihm reden, ja? Wartet hier draußen.«
»Das werden wir tun«, versicherte Justus.
Während Liane Shore im Haus verschwand, setzten sich die beiden Freunde im Schatten des Gebäudes auf einen großen Stein. Es war ihnen unangenehm, in diese Situation zu platzen. Aber kurz darauf öffnete die Tür sich wieder und Liane bat die beiden Jungen ins Haus. Drinnen roch es intensiv nach Zitrone, wie von den Duftbäumchen, die oft in Autos hingen.
»Franklyn freut sich, dass Besuch da ist«, sagte sie. »Aber ihr solltet wissen, dass er nicht ganz bei sich ist.«
»Wie meinen Sie das?«, fragte Peter.
»Er leidet an der Alzheimer-Krankheit. Wisst ihr Jungen, was das ist?«

Der Zweite Detektiv nickte. »Es trifft vor allem ältere Menschen. Sie vergessen sehr viele Dinge und ändern auch ihr Verhalten.«

»Da hast du zwei wichtige Merkmale genannt. Oft sind die Patienten nicht länger sie selbst, sozusagen. Und ja, häufig setzt das große Vergessen ein. Manchmal wissen sie noch, was vor einem Monat war, aber nichts mehr von gestern. Oder umgekehrt. Es gibt Tage, da erkennt Franklyn nicht einmal mich. Dann schreit er mich an, ich solle verschwinden. Und das, obwohl er mich seit Jahren täglich um sich hat. Zum Glück ändert sich das meistens rasch. Doch ich vermute, an euren Mr Huntington wird er sich nicht erinnern.«

»Das ist traurig«, sagte Justus, und das stimmte in vielerlei Hinsicht.

Liane hob die Schultern. »So ist das Leben, wisst ihr? Ihr seid jung. Genießt es.« Sie führte die Jungen in ein Wohnzimmer. Ein Mann saß auf dem Sofa. Er musste ungefähr so alt sein wie ihr Auftraggeber, sah aber deutlich älter aus. Tiefe Falten lagen in seinem Gesicht und er hatte nur noch wenige graue Haare. Er trug bequeme Hauskleidung und seine Augen blitzten, als er die Besucher sah. Als er lachte, sah man ihm an, dass er das zumindest früher häufig getan hatte. »Schön, schön«, sagte er. »Wer seid ihr noch mal? Lianes Kinder? Wird auch Zeit, dass ihr mal vorbeikommt!«

»Nein, Franklyn«, sagte seine Pflegerin. »Ich habe doch gar keine Kinder. Die beiden hier gehören zu deinem früheren Freund Mason Huntington! Erinnerst du dich an ihn?« Sie nannte den Namen noch einmal.

»Huntington«, wiederholte der alte Mann. »Nie gehört!«

»Sie waren mit ihm befreundet, weil Ihre Väter zusammen zur See gefahren sind«, erklärte Peter.
»Quatsch!« Mr Seymoure spuckte das Wort scharf und verärgert aus, ehe er die Hände hob. Mit einem Mal sah er verwirrt aus. »Entschuldigt. Worüber haben wir gerade gesprochen?«
Nach diesem deprimierenden Anfang des Gesprächs stand fest, dass sie hier nicht weiterkamen. Franklyn Seymoure konnte ihnen offenbar nichts über die Vergangenheit erzählen. Vielleicht fanden sie wenigstens einen Weg zu seiner Schwester Annabelle.
»Wir wollten nur wissen, wie Sie sich heute fühlen«, sagte Justus freundlich.
»Das ist aber nett von euch. Nicht mehr so wie früher, wisst ihr? Als ich so alt war wie ihr, da habe ich dieses Haus gebaut. War ein heißer Sommer damals. Da konnte einem glatt der Hammer in der Hand schmelzen, ehe man ihn auf den Nagel hämmerte! Hier standen zwei große Bäume. Meine Mutter hat ein paar Zweige zu Weihnachten getrocknet. Da hat sie auch immer ihre berühmten Kekse gebacken und …« In dieser Art redete er weiter wie ein Wasserfall.
»Manchmal hat er einen hellen Moment«, flüsterte Liane Shore den beiden Detektiven zu. »Dann plappert er munter vor sich hin. Aber eigentlich nie über das, worum es gerade geht.«
»Hat Ihre Schwester auch mit am Haus gebaut?«, fragte Peter. »Wir würden sie gern besuchen.«
»Macht es einfach! Sie wohnt ja gleich gegenüber«, sagte Mr Seymoure.

»Sie ist weggezogen«, sagte Liane. »Vor vierzig Jahren. Nach Boston. Weißt du nicht mehr, Franklyn?«

»Boston? Nein, sie heißt Annabelle! Boston, so ein Quatsch! So heißt doch niemand!«

Während Justus dem alten Mann weiter zuhörte, fragte Peter die Krankenschwester, ob sie die Telefonnummer der Schwester bekommen könnten. »Mr Huntington würde sich bestimmt gern bei ihr melden und mit ihr über früher sprechen.«

Liane Shore sah skeptisch aus. »Ich weiß nicht recht – Annabelle hat sich völlig zurückgezogen. Auch von Franklyn. Der Arme – sie meldet sich gar nicht mehr bei ihm. Man kann wohl sagen, dass sie das schwarze Schaf der Familie ist.« Sie schaute auf ihren Patienten. »Sehr traurig. Wenigstens weiß er es nicht, weil er es sowieso nicht mehr zuordnen kann.«

»Ach was, gib dem Burschen die Nummer!«, sagte Franklyn. »Annabelle freut sich doch auch, wenn sie mal einen Anruf bekommt!«

»So wie er sich auch freuen würde«, flüsterte Liane Peter zu. »Aber darum schert sich seine Schwester ja nicht.« Laut ergänzte sie: »Wie du meinst, Franklyn.«

»Was meine ich?« Er hatte es schon wieder vergessen.

Labyrinth

Bob trug die alten Reisetagebücher aus dem Weinkeller ins Wohnzimmer.
Mason Huntington konnte es kaum glauben. »Du hast sie tatsächlich gefunden? Das ist ja … Also, Junge, ich bin sprachlos. Du bist wirklich ein guter Detektiv.«
Bob erzählte von dem Geheimfach. Er sortierte die Tagebücher anhand der Datumsangaben und machte sich an die Arbeit. Das erste blätterte er nur rasch durch – es stammte noch aus den Jahren vor Jacob Huntingtons Seereise nach Port Hardy. Bob schloss zwar nicht aus, dass er dort interessante Informationen finden könnte, aber er wollte sich zunächst der Zeit mit dem Mottenmann widmen.
Stattdessen nahm sich Mr Huntington dieses erste Buch und begann zu lesen. Schon nach wenigen Sätzen begannen seine Finger ein wenig zu zittern. Er war sichtlich gerührt von der Erinnerung an seinen Vater.
Bob schlug das zweite Tagebuch auf. Es schilderte die Zeit auf See. Meist war dem jungen Matrosen nur Gelegenheit für ein oder zwei kurze Absätze und Anmerkungen am Tag geblieben. So las der dritte Detektiv etwa Folgendes:

Heute ist Montag, glaube ich. Bin völlig fertig. Ben schnarcht schon.

Bob nahm das dritte Tagebuch zur Hand. Dieses schloss an die ihnen bereits bekannten Schilderungen an. In den ersten Wochen nach den Ereignissen in der Kneipe hatte sich Jacob tatsächlich zurückgezogen und nicht mehr in Port Hardy blicken lassen. Offenbar setzte ihm die Begegnung mit dem Mottenmann sehr zu und verfolgte ihn bis in seine Träume. Einmal beschrieb er, wie er morgens schweißgebadet aufgewacht war.

Die Traumbilder stehen noch ganz deutlich vor mir und ich kann die Angst noch immer fühlen, die mich aus dem Schlaf aufgeschreckt hat. Ich sehe den Mottenmann – die hünenhafte Gestalt, größer als ein Mensch und finster wie die Nacht. Nur die Augen leuchten rot wie blutige Sterne.

»Blutige Sterne«, murmelte Bob. Eine dramatische Beschreibung. Und die wirkte! Bob fühlte sich unbehaglich. Unwillkürlich schaute er zum Ölgemälde und zum Fenster, ehe er weiterlas.

Ich konnte die Flügel im Wind rauschen hören, als er abhob. Dabei erinnere ich mich, dass es in Wirklichkeit ganz lautlos war, still wie im Inneren einer Gruft.

Oh ja. Jacob liebte dramatische Beschreibungen!
Bob sah die Gestalt vor sich, die sie selbst verfolgt hatten. War das auch alles lautlos abgelaufen? Nein, sicher nicht. Und das Wesen war auch nicht hünenhaft groß gewesen, wie Huntington es im Tagebuch beschrieb. Klar, wer immer in Rocky Beach als Mottenmann auftrat, war eben ein normaler Mensch. Aber hatte der Matrose damals übertrieben? Er konnte unmöglich eine fliegende Mensch-Motten-Gestalt gesehen haben!

Vielleicht hatte Jacob nichts weiter als einen rituell verkleideten Indianer gesehen. Möglicherweise traten die Indianer bewusst als solche Schreckensgestalten auf, weil sie die Siedler von Port Hardy vertreiben wollten. Denkbar war es.
Nach noch ein paar weiteren Seiten mit für ihn wenig interessanten Einträgen stieß Bob auf eine Episode, in der sich Jacob zum ersten Mal nach Langem doch wieder traute, mit seinem Freund Benjamin in die alte Siedlung zu gehen. Herman ging es besser, der Kapitän hatte sich auch wieder beruhigt, die Erinnerung an die Geschichte in der Kneipe verblasste langsam – und Jacobs Unternehmungslust kam zurück.
Im Schutz der Dunkelheit verließen Ben und er das Schiff und den Hafen und schlenderten durch eine ruhige Gasse, als plötzlich vor ihnen jemand auftauchte.

Ich schrak zusammen. Eine dunkle Gestalt trat hinter dem Haus hervor. Fast erwartete ich, die rot glühenden Augen zu sehen. Mein Herz hämmerte. Aber es war ein Mensch. Ein Indianer.
»Guten Abend«, sagte Benjamin.
Der Mann starrte uns nur an. Sein Gesicht blieb völlig unbewegt, er selbst stumm. Ich konnte seinen Atem hören.
Ich nickte meinem Freund zu. Wir wollten weitergehen, doch kaum bewegten wir uns, sprach der Fremde uns an. Sein Englisch hatte einen harten Akzent, aber er beherrschte unsere Sprache gut. »In der Dunkelheit ist es gefährlich«, sagte er. »Geht auf euer Schiff zurück.«
Wir drehten uns um. »Danke«, sagte Ben gedehnt, während ich kein Wort herausbrachte. »Ist das eine Drohung?«
»Ein Rat. Dinge sind unterwegs.«

»Dinge? Wie der Mottenmann?«, fragte Ben.
Der Indianer rief ein Wort in einer unbekannten Sprache, das ich nicht verstand – vielleicht seine Bezeichnung für das unheimliche Wesen. »Heilig«, ergänzte er, »heilig!« Dann drehte er sich um und verschwand so plötzlich und leise zwischen den Häusern, wie er gekommen war.
Was hatte er damit gemeint? Ist der Mottenmann den Indianern heilig?
Ben und mich hatte die Begegnung jedenfalls verunsichert. Ich gab es ebenso wenig zu wie er, aber ich sah ihm an, dass er sich nicht wohlfühlte in seiner Haut. Trotzdem liefen wir weiter.
Wir erreichten den Hügel am Ende der Siedlung. Der Mond stand über der Kuppe als gelber, im Nebel wabernder Ball. Davor, wie ein Schattenriss, starrte eine Gestalt auf die Stadt hinunter, mit blutig roten, leuchtenden Augen. Ein Ruf hallte zu uns herab, ein heiseres Krächzen. Keine menschliche Kehle könnte solch einen Laut hervorbringen.
Und dann gab es urplötzlich Bewegung auf dem Hügel. Ein Dutzend oder mehr Wesen. Menschen? Vielleicht. Wir blieben nicht lange genug, um es zu erfahren.
Dinge sind unterwegs, hatte der Indianer zu uns gesagt. Dinge.

Bob hing wie gebannt an den Zeilen, die der Vater ihres Auftraggebers vor so vielen Jahrzehnten geschrieben hatte. Er spürte, dass er dem eigentlichen Geheimnis um den Mottenmann auf die Spur kam. Was hatte es mit dem Hügel auf sich? Was mit diesen unheimlichen Begegnungen?
Der dritte Detektiv las den nächsten Eintrag, der auf ein paar Tage später datiert war.

Sind heute zum Hügel zurückgekehrt. Wir mussten einfach wissen, was sich dort abgespielt hat. Waren es Indianer, die wir dort gesehen hatten? Oder Schreckenswesen wie der Mottenmann? Meine Hände zittern immer noch.

Tatsächlich war die Schrift auf dieser Seite schlechter zu lesen als sonst.

Wir sind nicht am Tag dorthin gegangen, um nicht gesehen zu werden. Aber auch nicht in der Nacht, denn wir hatten Angst. Also gingen wir in der Dämmerung.
Wir suchten etwas auf dem Hügel, ohne zu wissen, wonach wir eigentlich suchten. Gab es dort ein Heiligtum der Indianer, das die Siedler mit ihren Häusern entweihten? Vielleicht einen Opferaltar? Einen Indianerfriedhof?
Wir schauten uns um, heilfroh, dass niemand kam. Kein Siedler, kein Indianer. Kein Mottenmann. Benjamin entdeckte es zuerst, zwischen Büschen, höchstens hundert Meter von der letzten Baugrube entfernt. Dort lagen Felssteine, die ein ordentliches Muster bildeten. Zu geordnet, um zufällig sein zu können.
Es waren flache, von Wasser geschliffene Steine, so groß, dass sie sich gerade noch anheben ließen. Sie bildeten zwei ineinander verschlungene Kreise. Jedenfalls dachten wir das am Anfang, bis ich bemerkte, dass es nur ein Teil eines Gesamtbildes war. Ich ging zum obersten Punkt des Hügels und von dort aus erkannte man ein Muster, das bis hinunter zum Meer reichte. Kreise, die inmitten von Linien lagen ... wie Plätze in einem Labyrinth.
Kein Zweifel, das war ein Heiligtum der Indianer. Und jetzt waren auch wir Eindringlinge – wie die Siedler von Port Hardy.

Nein, wir waren noch schlimmer.
Benjamin sah das Blitzen zuerst und wohl nur deshalb, weil die Sonne so tief stand, dass sie gerade ihre letzten Strahlen schräg vom Horizont herüberschickte. Mitten im Steinelabyrinth leuchtete etwas auf.
Ben schlug vor, dass wir es uns ansahen, und er ging los, ehe ich widersprechen konnte. Hätte ich ihm sonst widersprochen? Wenn ich ehrlich bin – nein.
Wir fanden eine kleine Grube, unter Ästen und Gras versteckt. Reiner Zufall, dass ein Sonnenstrahl den Weg hineingefunden hatte. Darin lagen dünne, handtellergroße Scheiben aus einem tiefschwarzen, völlig glatten Gestein. Ein kunstvolles Muster war hineingeritzt worden – ein Abbild des großen Labyrinths auf dem Hügel. Doch etwas anderes zog meinen Blick noch viel mehr auf sich ... goldene Verzierungen.
Jede einzelne dieser Scheiben wies ein herrliches Ornament aus Gold auf!
Echtes Gold!
Ben und ich verstanden mit einem Mal: Die Indianer fürchteten, dass die Siedler diesen heiligen Ort entweihten und diese goldverzierten, schwarzen Steinscheiben stahlen.
Und nun taten wir beide genau das. Wir griffen uns die Scheiben, ohne nachzudenken. Mit vor Aufregung zitternden Händen stopften wir uns die Hosentaschen voll.
Dann hörten wir einen Schrei!
Indianer rannten auf uns zu!
Wir flohen, hinein in die Siedlung, tief zwischen die Häuser. Dann erst wagten wir es, schwer atmend einen Blick zurückzuwerfen.

Die Indianer folgten uns nicht. Wahrscheinlich, weil sie davon ausgingen, dass wir in der Siedlung Hilfe finden und sich alle gegen sie stellen würden.
Aber auf der Kuppe des Hügels sahen wir einen dunklen Schatten: der Mottenmann!
Wir rannten wie um unser Leben.
Und hier sitze ich nun und schreibe. Die Goldscheiben stecken in meinem Seesack. Was haben wir getan? Wir müssen

Der Bericht brach mitten im Satz ab. Bob konnte es kaum fassen. Jacob berichtete darüber, wie er mit seinem Freund Benjamin heilige indianische Artefakte gestohlen hatte!
Gib mir wieder, was mir gehört, was dein Vater mir gestohlen hat. So stand es auf dem Zettel mit der Erpresserbotschaft, die Xeni gebracht hatte. Nun wusste Bob, worum es sich handelte. Und Mr Huntington hatte davon bislang überhaupt keine Ahnung gehabt ...
Nach dieser Geschichte hatte Jacob tagelang gar nichts mehr geschrieben und berichtete dann auf einer neuen Seite von der Alltagsarbeit der Matrosen. Bob blätterte weiter.
Jacob schwieg das Thema der gestohlenen indianischen Artefakte tot. Nur noch eine weitere Bemerkung fand sich dazu, etwa zwei Wochen später, kurz bevor sie zur Heimreise aufbrachen. Dort wurden die Artefakte zwar nicht genannt, aber es gab wohl keinen Zweifel, was Jacob mit »sie« meinte.

Wir dürfen sie in der Heimat nicht zu Geld machen, sondern müssen sie verstecken. Es war ein Fehler, sie zu stehlen – wir haben in der Situation einfach nicht nachgedacht, sondern uns von unserer Gier überwältigen lassen. Ich bin nicht gerade stolz drauf …

Aber zurückgeben können wir sie auch nicht. Wie sollte das gehen? Und, wenn ich ehrlich bin, wir wollen es auch nicht. Uns beiden ist klar, dass sie uns einst zum Segen dienen können. Vielleicht, wenn wir in Geldnot geraten. Das ist gut zu wissen. Dennoch fürchten wir den Mottenmann. Die Indianer werden ihn uns hinterherschicken. Möge er uns nie finden. Wir werden uns vor ihm hüten!

Obsidian

»Wir werden uns vor ihm hüten«, murmelte Bob. Daraus war zweifellos der Spruch entstanden, den Jacob später immer wieder seinem Sohn Mason predigte: »Hüte dich vor dem Mottenmann!«

Bob hatte also das große Geheimnis gelüftet. Aber er wollte ganz sichergehen. Und er wusste auch, wo er Antwort auf seine Fragen bekommen würde. Zum Glück hatte er sich die Telefonnummer bei seinen Recherchen notiert. Er fragte Mr Huntington, ob er kurz sein Telefon benutzen dürfte. Der alte Mann schickte Bob in die Küche, wo der Apparat auf einem niedrigen Regal stand.

Nach zweimaligem Klingeln wurde abgehoben. »Ja, Port Hardy Museum«, sagte eine Frauenstimme. Sie klang jung.

»Guten Tag. Hier spricht Bob Andrews. Ich recherchiere gerade für einen Schulaufsatz. Es gibt doch in Port Hardy Artefakte aus der Indianerzeit, richtig?«

»Ja, und auch noch viel ältere! Sie lagern bei uns im Archiv. Du kannst sie während der Öffnungszeiten ansehen.«

»Danke, das ist leider ein wenig zu weit weg«, sagte der dritte Detektiv. »Ich bin aber auf eine Beschreibung von Objekten gestoßen, die mich sehr interessieren.« Er erzählte von den flachen schwarzen, goldverzierten Steinscheiben.

»Oh, das müssen Obsidianscheiben sein, wie sie zu religiösen Zwecken verwendet wurden.«

»Sind sie wertvoll?«

Die Frau lachte. »Sagen wir es so ... wenn du zufällig welche findest, bist du reich. Mehr als 100.000 Dollar pro Stück, schätze ich, je nach Erhaltungszustand.«

100.000 Dollar pro Stück! Wenn Jacob damals nur zwei oder drei dieser Scheiben zu Geld gemacht hatte, erklärte das seinen Reichtum. Und wenn noch welche von den Scheiben irgendwo versteckt waren …

»Aber da dürftest du kein Glück haben«, fuhr die Frau aus Port Hardy fort. »Wir kennen nur zwei davon, unsere edelsten Stücke im Museum. Sie geben uns Aufschluss über das religiöse Leben der Indianer damals. Herrliche Artefakte!«

Der dritte Detektiv bedankte sich und legte auf.

Nun musste er mit ihrem Auftraggeber über die neuen Erkenntnisse sprechen. Er atmete tief durch, legte sich einen Gesprächsanfang zurecht und ging zurück ins Wohnzimmer.

Mr Huntington saß auf der Couch und las wieder gebannt in dem Tagebuch. Er schien gar nicht zu bemerken, dass Bob zurückkam.

»Ich bin auf etwas höchst Interessantes gestoßen«, sagte Bob.

Huntington schrak zusammen. Er atmete schwer, sah auf und blinzelte mehrfach, als könne er nur schwer in die Gegenwart zurückfinden. »Ja?«

»Ich glaube, ich weiß, worum es dem Mottenmann geht. Was er von Ihnen will. Es hat damit zu tun, dass Ihr Vater nach seiner Rückkehr offenbar zu Geld gekommen ist. Hat er Ihnen nie von irgendwelchen Artefakten berichtet?«

»Artefakten?«

»Alten Gegenständen, die den Indianern rund um Port Hardy heilig waren.«

Der alte Mann schüttelte den Kopf. »Davon habe ich nie gehört. Willst du etwa sagen, dass mein Vater solche Heiligtümer mit hierhergebracht hat?«

Hierhergebracht. Das war eine recht nette Umschreibung für das, was Jacob getan hatte. »Er hat sie … nun ja, er hat sie den Indianern gestohlen und dann mit hierhergebracht, ja. Könnte es sein, dass er sie zu Geld gemacht hat, mit dem er diese Villa gebaut hat oder auch –«

»Du glaubst das also auch?« Mr Huntington sprang erbost auf. »Genau, wie es der Mottenmann behauptet? Mein Vater? Ein Dieb? Weißt du überhaupt, was du da sagst?«

»Er hat es in dem Tagebuch, das ich gelesen habe, selbst geschrieben. Es sieht nicht so aus, als wäre er besonders stolz darauf, aber er hat offenbar tatsächlich indianische Heiligtümer entwendet und sie mitgenommen.«

Mr Huntington schnappte nach Luft. »Das ist … also …« Er setzte sich wieder. »Ich weiß nicht, was ich sagen soll. Und die Nachricht, die die kleine Xenia-Hortensia gebracht hat … glaubst du, darin geht es um diese Artefakte?«

»Das liegt nahe. Deshalb inszeniert unser Gegner diesen ganzen Spuk. Und deshalb ist jetzt die wichtigste Frage, wer von diesen Artefakten wissen könnte. Die Tagebücher waren gut versteckt – aber Ihr Vater war nicht der Einzige, der davon wusste: Sein Freund Benjamin war an dem Diebstahl beteiligt! Dessen Kinder könnten etwas davon wissen … oder sonst wer, dem die beiden davon erzählt haben. Freunde. Nachbarn. Oder jemand aus Port Hardy. Ein Nachfahre der Indianer von damals.«

Tatsächlich gab es eine Menge Leute, zu denen das Wissen um

die indianischen Artefakte vorgedrungen sein könnte. Eine Menge Leute, die als Täter infrage kamen …

»Die Frau im Museum von Port Hardy hat mir gesagt, dass die Tafeln extrem wertvoll sind. Ich könnte mir vorstellen, dass Ihr Vater einige Artefakte irgendwo versteckt hat.«

»Was glaubst du denn, wie viele Geheimverstecke er hatte? Wenn, dann hätten diese Scheiben doch unten im Weinkeller gelegen, bei den Tagebüchern.«

»Vielleicht sind sie anderswo. In einem Bankschließfach. Oder bei Benjamins Kindern«, überlegte Bob. Andererseits schlug der Mottenmann eben hier bei Mr Huntington zu – wohl, weil er mehr wusste oder zumindest davon ausging, dass eben ihr Auftraggeber das Versteck kannte.

Bob las den Zettel mit der Erpresserbotschaft noch einmal durch. »Wenn ich mir das genau ansehe, ist der Brief sehr schwammig formuliert. Warum nennt der Mottenmann die Obsidianscheiben nicht beim Namen? Warum umschreibt er es so allgemein?« Mit einem Mal kam dem dritten Detektiv ein Geistesblitz. »Wenn ich darüber nachdenke, gibt es dafür eigentlich nur eine Erklärung …«

Peter warf einen letzten Blick zurück zum Haus von Franklyn Seymoure. »Er tut mir leid. So alles zu vergessen, das muss schlimm sein.«

»Immerhin ist er gut versorgt«, meinte der Erste Detektiv. »Aber du hast natürlich recht.«

»Wie immer!« Peter grinste und schloss das Auto auf. Die beiden stiegen ein. Der Zweite Detektiv startete den Motor. Sie ließen den Stadtrand von Los Angeles hinter sich und fuhren in Richtung Rocky Beach. Bald rollten sie auf der Schnellstraße mit toller Sicht auf die Küste, während Justus bei Bob anrief und er und Peter staunend von den sensationellen Neuigkeiten über den Erpresserbrief, die entdeckten Tagebücher und die gestohlenen Obsidianscheiben erfuhren.

»Außerdem habe ich mir noch eine Frage gestellt«, sagte der dritte Detektiv schließlich. »Wieso redet der Mottenmann in seiner Botschaft derart um den heißen Brei herum? Warum nennt er die Artefakte nicht beim Namen? Ich glaube, weil er selbst nicht weiß, worum es sich genau handelt! Ihm ist nur bekannt, dass Jacob und Benjamin damals irgendetwas Wertvolles gestohlen haben. Und weil er als Mottenmann auftritt, kann er Mr Huntington erpressen, ohne die Sache beim Namen nennen zu müssen.«

»Ein interessante Überlegung«, pflichtete Justus bei. »Diese neuen Erkenntnisse bringen uns einen gehörigen Schritt weiter, Dritter!«

Nach dem Gespräch mit Bob rief Justus bei Franklyns Schwester Annabelle an. Er ließ es lange läuten, bis sich schließlich eine Männerstimme meldete: »Ja?«

»Guten Tag, hier spricht Justus Jonas. Ich versuche, Annabelle Seymoure-Wrightson zu erreichen.«

»Mit ihrem Doppelnamen hat auch schon lange keiner mehr meine Frau angesprochen.« Der Mann lachte. »Sie ist nicht zu Hause.«

»Wie könnte ich sie denn sprechen?«

»Zurzeit gar nicht. Sie macht gerade eine Kur, ganz am anderen Ende der Stadt. Oh, nichts Ernstes. Soll ich ihr etwas ausrichten?«

Justus dachte fieberhaft nach. »Ich bin ein Bekannter von Mason Huntington, dem besten Freund ihres Bruders Franklyn aus Kindheitstagen. Das kommt Ihnen vielleicht merkwürdig vor, aber wir versuchen herauszufinden …«

»Der alte Huntington!«, fiel Mr Wrightson ihm ins Wort. »Anna hat von ihm erzählt! Wie lange liegt das schon zurück? Dreißig Jahre? Verrückt! Lebt der überhaupt noch? Ach so, ja, du hast ja gerade gesagt, dass du ihn kennst.«

»Das stimmt, Sir.«

»Annabelle ist fast fünfzehn Jahre jünger als ihr Bruder, eine echte Nachzüglerin. Als Kind hätte man glatt meinen können, Franklyn wäre ihr Vater und der gute Benjamin ihr Großvater! Was war der alte Ben stolz auf sie! Genau wie ich heutzutage. Sie ist das blühende Leben, meine Anna! Na ja, jedenfalls sag ich ihr, dass Mr Huntington versucht, sie zu erreichen. Oder eben ein Bekannter von ihm. Ich kann sie zwar leider nicht besuchen, da ich nicht gut zu Fuß bin, aber wir telefonieren viel. Und jetzt muss ich leider Schluss machen, hier beginnt gleich ein Footballspiel im Fernsehen. Gib mir doch deine Nummer.«

Das tat Justus, dann verabschiedete er sich.

Nur wenige Minuten später, schon kurz vor Rocky Beach, klingelte das Handy. »Ja, Justus Jonas am Apparat?«

»Du hast meinen Mann angerufen«, sagte eine warme Frauenstimme. »Hier spricht Annabelle Wrightson. Oder Seymoure-Wrightson, wie du ja weißt.«

Offenbar war es für ihren Mann doch wichtig genug gewesen, seine Frau gleich zu informieren, obwohl er so dringend das Footballspiel sehen wollte. Justus stellte auf Lautsprecher, sodass Peter mithören konnte. »Vielen Dank für Ihren Rückruf und dass Sie trotz der Kur Zeit gefunden haben, sich so rasch zu melden.«

»Jaja«, sagte sie, »kein Problem.« Im Hintergrund schlug eine Uhr vier Mal.

»Es geht um Mr Huntington. Sie erinnern sich an ihn?«

»Mein Mann hat erwähnt, dass es dir um ihn geht. Franklyns bester Freund von früher. Klar.«

Justus entschied sich, mit der Tür ins Haus zu fallen. »Sagt Ihnen die Legende vom Mottenmann etwas?«

»Ach, diese schreckliche Geschichte!« Annabelle atmete hörbar aus. »Unser Vater hat darüber geredet, wenn auch nicht so oft wie der alte Jacob Huntington. Als die beiden jung waren, sind sie dieser Schauergestalt angeblich begegnet, irgendwann während ihrer gemeinsamen Seereisen. Franklyn war davon immer fasziniert. Heute hat der Arme ja kaum mal einen klaren Moment.«

»Die Frage wird Ihnen möglicherweise seltsam vorkommen, aber fühlte sich Ihr Vater von dem Mottenmann auch hier in Los Angeles verfolgt?«

»Natürlich nicht.« Sie wirkte verblüfft. »Wie kommst du auf eine so sonderbare Idee?«

»Ach, nur so ein Gedanke. Wir versuchen, alles darüber herauszufinden.«

»Und wieso?« Mit einem Mal klang sie eher misstrauisch.

Justus fragte sich, ob er dieser Frau vertrauen durfte, die eigentlich recht sympathisch auf ihn wirkte. Sie hatte sich erstaunlich gut an Mr Huntington erinnert und wusste über die alte Verbindung ihres Auftraggebers zum Mottenmann

Bescheid … Außerdem wäre es sehr gut möglich, dass ihr Vater ihr früher etwas von den Artefakten erzählt hatte.
Und mit einem Mal fiel Justus etwas auf.
Die Frau log!
»Mr Huntington hat davon erzählt und es ist eine spannende Geschichte«, sagte er rasch und überlegte gleichzeitig, wie er ihr eine Falle stellen konnte. Zunächst musste er sich Gewissheit verschaffen, ob er recht hatte. »Ich hoffe, wir haben Sie nicht bei Ihren Kuranwendungen gestört. Oft hat man da ja ständig Termine.«
»Nicht weiter schlimm«, sagte sie. »Ich muss erst in einer halben Stunde wieder zu einem Abendtermin. Ein Vortrag, und zwar ein ziemlich langweiliger.«
Er hatte also recht gehabt – denn das konnte nicht stimmen. Annabelle Seymoure-Wrightson hielt sich nicht in einer Kurklinik in Boston auf, wie es zuerst ihr Mann und nun sie selbst behauptete!
Justus hatte die Uhr vier Mal schlagen gehört – und genau so spät war es jetzt hier in Rocky Beach. Boston jedoch lag drei Zeitzonen entfernt! Dort war es gerade sieben Uhr am Abend. Sie war hier, in derselben Zeitzone, vielleicht in Los Angeles oder sonst wo in der Nähe der Westküste, aber ganz sicher nicht in Boston.
»Meine Tante wohnt in Boston«, log Justus. »Sie war auch einmal zur Kur. In welcher Klinik sind Sie denn?«
»Im Beth Israel Deaconess«, sagte sie wie aus der Pistole geschossen. Die Lüge kam ihr glatt über die Lippen – wahrscheinlich, weil sie und ihr Mann sich in dieser Hinsicht genau abgesprochen hatten.

Justus fand es um einiges wahrscheinlicher, dass sie sich in Rocky Beach aufhielt und sich als Mottenmann verkleidete …
»Mr Huntington hat auch etwas von den Indianern aus Port Hardy erwähnt«, sagte er, um sie aus der Reserve zu locken. Vielleicht verhaspelte sie sich irgendwie.
»Ach, tatsächlich?«
»Ja – er erzählte, dass es seinem und Ihrem Vater schrecklich leidgetan hätte, dass sie damals die Indianer beraubt haben. Wissen Sie, was damit gemeint ist?«
»Davon habe ich ja noch nie gehört!«, sagte sie barsch. »Mein Vater soll ein Dieb gewesen sein? Niemals!«
»So sieht es Mr Huntington auch«, sagte Justus. »Und ich kann verstehen, dass man so etwas nicht gerne hört.«
»Also wirklich, das ist ja eine Unverschämtheit! Was geht dich das überhaupt an? Und ich habe mir auch noch die Mühe gemacht, dich anzurufen!«
»Wofür ich Ihnen sehr dankbar bin.«
»Lass mich in Ruhe, Junge!«, sagte sie wütend und unterbrach die Verbindung.
Kurz tutete es aus dem Handy, dann legte Justus ebenfalls auf.
»Sie hat gelogen«, sagte der Erste Detektiv.
»Wieso?«, fragte Peter verwirrt.
»Sie ist nicht in Boston«, erwiderte Justus.
»Nicht?«
»Hast du die Uhr im Hintergrund nicht schlagen gehört?«
»Doch schon – es war genau vier Uhr, als ihr gesprochen habt und … oh. Verflixt, Justus, das wäre mir gar nicht aufgefallen!«
»Eben! In Boston, wo sie sich angeblich aufhält, wäre es drei Stunden später!«

»Und die Art, wie sie dich am Ende abgewürgt hat«, meinte der Zweite Detektiv. »Wahrscheinlich wurde ihr das Gespräch zu heiß, als sie merkte, dass du ihr in Sachen Diebstahl auf den Zahn fühlst. Sie ist der Mottenmann!«
»Noch fehlt der Beweis«, schränkte Justus ein. »Aber ja, wir können sie wohl mit Fug und Recht unsere Hauptverdächtige nennen ...« Er klang durchaus zufrieden.

Doppelte Falle

Zurück in Rocky Beach berichteten Peter und Justus ihrem Freund begeistert vom Erfolg beim Telefonat mit Annabelle Wrightson. Mr Huntington war kurz ins Bad verschwunden. Bob freute sich sichtlich über die neuen Erkenntnisse, sah aber müde aus. Vor ihm auf dem Wohnzimmertisch stapelten sich die schweren Tagebücher. »Natürlich habe ich noch nicht alles gelesen«, sagte er, »aber ich glaube, das wird uns sowieso nicht weiterhelfen. Jacob scheint die Artefakte nie wieder erwähnt zu haben.«

»Das klingt logisch«, fand Peter. »Immerhin war es nicht gerade eine Glanztat, sie den Indianern zu stehlen. Würdest du hinterher damit angeben?«

»Das nicht«, meinte Bob, »doch es seinem Tagebuch anzuvertrauen, das man danach versteckt und nicht einmal seinem Sohn jemals gezeigt hat, kann man ja kaum mit Angeben gleichsetzen.«

Es war jetzt fast fünf Uhr. In etwas mehr als sieben Stunden erwartete der Mottenmann die Übergabe der Artefakte – *am Ende der Straße auf der Bank unter dem Baum.* So stand es auf Xenis Zettel.

Die drei ??? beschlossen, sich diesen Ort einmal genauer anzusehen. Er war unschwer zu finden. Die Straße endete etwa dreihundert Meter entfernt, das letzte Teilstück war eine Sackgasse. Ein kleines Parkgelände schloss sich an mit vielen Bäumen und Büschen, durch die sich ein Spazierweg wand. Wahrscheinlich hoffte der Mottenmann, sich das Paket greifen und unbemerkt in der Dunkelheit des Parks untertauchen zu können. Von da aus gelangte man gleich an mehreren Stellen zu Straßen – wer dort sein Auto parkte, konnte leicht und rasch verschwinden.

»Wenn wir die Bank unauffällig beobachten, gelingt es uns vielleicht, den Mottenmann bei der Übergabe zu schnappen«, sagte Justus nachdenklich.

»Bei welcher Übergabe?«, fragte Peter. »Erstens wissen wir noch nicht mal ansatzweise, wo diese Obsidianscheiben versteckt sein könnten … und zweitens willst du doch nicht etwa ernsthaft auf die Erpressung eingehen?«

»Natürlich nicht. Aber ich habe einen Plan.«

Den erzählte er seinen beiden Freunden auf dem Weg zurück zum Haus ihres Auftraggebers. Während Bob noch einmal im Weinkeller im Geheimversteck nachsehen und bis zuletzt die Tagebücher nach einem Hinweis durchforsten sollte, würden der Erste und der Zweite Detektiv zum Schrottplatz fahren.

»Unsere Aufgabe dort lautet: Mission Fälschung! Wir suchen uns passende Schrottteile, hämmern sie notfalls zurecht, bis wir flache Scheiben haben. Die Artefakte bestehen aus schwarzem Obsidian, das müssen wir vortäuschen, mit Lack oder Farbe. Danach ritzen wir ein Labyrinthmuster hinein und betätigen uns anschließend mit Goldspray als Künstler. Fertig!«

»Und darauf soll der Mottenmann reinfallen?«

»Wir sind doch mindestens so kreativ wie er«, gab sich Justus zuversichtlich. »Natürlich können wir keine Fälschung herstellen, die einer genauen Untersuchung standhält. Darum geht es auch nicht. Immerhin vermuten wir, dass der Täter sowieso nicht weiß, was Jacob und Benjamin damals gestohlen haben. Aber irgendetwas müssen wir ja in die Kiste legen, das zumindest einem ersten Blick standhält. Hört zu!« Denn der Erste Detektiv war noch lange nicht am Ende seiner Ideen angelangt, und je mehr er erzählte, umso zufriedener grinste er.

»Das könnte klappen«, meinte Peter anschließend.

»Das könnte nicht nur, das *wird*!«, sagte Justus. »Die Frage ist – weihen wir Mr Huntington ein?«

»Besser nicht. Oder nur teilweise«, schlug Bob vor. »Die Sache ist so schon heikel genug. Er wird am besten mitspielen, solange er unwissend bleibt.«

Der Erste Detektiv nickte. »Also ist es beschlossene Sache?«

Seine Freunde nickten ebenfalls.

Es war jetzt halb sieben. Die Uhr tickte. Noch fünfeinhalb Stunden bis zur Übergabe.

»Ich würde ihm lieber die echten Artefakte übergeben«, sagte Mason Huntington später. Es blieb nur noch wenig Zeit bis Mitternacht. »Wenn wir nur wüssten, wo sie sind!«

Im Geheimversteck im Weinkeller hatte Bob auch bei genauerem Hinsehen nichts mehr gefunden. Nun klappte er das letzte Tagebuch zu. Ihm schwirrte der Kopf. »Und es gibt wirklich kein weiteres Geheimversteck im Haus? So ähnlich wie das im Weinkeller? Die Scheiben sind ja sehr flach und auch recht klein, wenn ich die Beschreibungen im Tagebuch ansehe. Jacob und Benjamin hatten sich etliche in die Taschen ihrer Hosen gestopft – also brauchen sie nicht viel Platz.«

»Ich glaube nicht, dass sie hier in der Villa liegen. Und du hast wirklich die ganzen Tagebücher gelesen?«

»Ich habe alle Einträge zumindest überflogen.«

»Ein Diebstahl.« Mr Huntington seufzte und ließ sich auf einen Stuhl neben Bob fallen. »Ich fasse es immer noch nicht, dass mein Vater damals so zu seinem Geld gekommen ist. Er hat ein indianisches Heiligtum geplündert und den Zorn des Mottenmanns auf sich gezogen!«
»Sagen wir lieber, den Zorn der Indianer«, verbesserte der dritte Detektiv. »Was aber schlimm genug ist. Dennoch glaube ich nicht, dass es die Indianer sind, die nun hier ihr Unwesen treiben. Was meinen Sie – wer könnte noch davon wissen?« Von ihrem Verdacht gegen Annabelle Wrightson hatten sie Mr Huntington nichts berichtet, um ihn nicht zu beeinflussen.
»Nun ja. Wenn Benjamin anderen von der Sache erzählt hat, seiner Frau, seinen Kindern, könnten die es schon seit Jahren quasi jedem mitgeteilt haben«, sagte Mr Huntington.
Es gab wirklich unzählige Möglichkeiten. Trotzdem störte Bob etwas daran – sie beinhalteten alle, dass das Wissen schon vor Jahrzehnten weitergewandert war. Warum schlug ihr Gegner ausgerechnet jetzt als Mottenmann zu? Was konnte das ausgelöst haben? Dafür musste es einen Grund geben!
Und sprach das nicht eigentlich gegen Annabelle als Verdächtige? Wenn sie davon wusste, dann wahrscheinlich schon seit Jahrzehnten! Wieso sollte sie so lange gewartet haben? Aber wer kam sonst noch infrage? Bob dachte an die Furie Mrs Brankle, zu deren Haus der Mottenmann geflohen war, vielleicht zufällig, vielleicht auch nicht. Mrs Brankle, die laut ihrer Tochter Xeni in Geldnöten steckte. Nun, da klar war, dass es um wertvolle Artefakte ging, erschien diese Aussage in einem ganz anderen Licht.

Als Bob an sie dachte, stutzte er – Mrs Brankle hatte Farbkleckse an den Händen gehabt! Und hatte sich der Mottenmann nicht als jemand erwiesen, der sich mit Malerei auskannte? Sowohl durch den Gemäldetausch als auch dadurch, dass er im Haus der Andersons eigentlich wohl ein wertvolles Gemälde hatte stehlen wollen statt eines Teddybären?
Andererseits war das ein sehr schwaches Indiz und schließlich war sie eine der Geschädigten. Wobei der Schaden in ihrem Fall ja überschaubar ausgefallen war. Es könnte auch ein geradezu klassisches Ablenkungsmanöver gewesen sein.
Bei diesem Gedanken kam Bob der Zierrosen-Mann Andy Garlington in den Sinn – ein alter Freund von Mr Huntington, dessen Vater schon mit Jacob Huntington befreundet gewesen war. Würde man seine Lieblingsblumen nicht gerne opfern, wenn es um mehrere hunderttausend Dollar ging?
Das schrille Klingeln an der Haustür riss den dritten Detektiv aus den Gedanken. Justus und Peter kamen zurück.
Der Zweite Detektiv zog aus seinem Rucksack fünf flache Scheiben. »Na?«
Bob beäugte die Pseudo-Artefakte. Sie waren im Durchmesser etwa so groß wie ein ausgestreckter Zeigefinger und annähernd rund. »Na ja«, sagte er skeptisch. »Sieht eher aus wie Metall als wie Stein.«
Peter grinste schief. »Aber wir haben ein schönes Muster reingeritzt.«
Bob schaute auf die goldenen Linien. »Und es glänzt.«
»Goldfarbe. Zum Glück stand eine Sprühdose in der Ecke des Schuppens mit dem Weihnachtskram. War schwer genug, das in das eingeritzte Muster zu sprühen.« Der Zweite Detektiv

legte die Scheiben auf dem Tisch ab. »Für einen ersten Blick in den Karton wird es reichen!« Den hatten sie ebenfalls mitgebracht. Peter verstaute die behelfsmäßigen Fälschungen sorgfältig darin.
»Wir warten noch bis kurz vor Mitternacht«, sagte Justus. »Dann deponieren wir die Kiste auf der Bank, genau wie es der Erpresser verlangt. Anschließend beobachten wir aus der Ferne – und wenn unser Gegner auftaucht, packen wir ihn. Irgendwie.« Dass das nicht der vollständige Plan war, verschwiegen sie wie besprochen ihrem Auftraggeber.
Die Zeit verging quälend langsam.
Die drei ??? blätterten ziellos ein wenig in den Tagebüchern.
Peter verzog das Gesicht. »Die stinken ganz schön.«
»Das alte Leder des Einbands«, sagte Justus. »Es ist brüchig, weil es lange nicht bewegt wurde, und jetzt treten durch das Aufschlagen viele kleine neue Risse auf, die sozusagen Lederstaub abgeben, der …«
»Alles klar«, unterbrach Peter. »Danke für den Buch-Wissenschafts-Vortrag. Gibt es das überhaupt? Buch-Wissenschaft?«
»Selbstverständlich. Man kann das studieren, zum Beispiel in …«
»Danke, reicht.«
Zwanzig Minuten vor Mitternacht brachen sie auf. Aus der Zentrale hatten Justus und Peter noch einige Ausrüstungsgegenstände mitgebracht – unter anderem zwei Nachtsichtgeräte und einen Peilsender sowie das passende Empfangsgerät. Der winzige Sender lag unter den Artefakten im Karton. Solange der Täter sich nicht zu weit entfernte, würden sie ständig die Signale des Senders auffangen können. So würden sie die

Spur auch dann nicht verlieren, wenn der Mottenmann sie abhängte.
Sie legten den Karton am Übergabeort ab und machten sich auf den Rückweg zum Haus ihres Auftraggebers. Nun drängte die Zeit. Sie durften die Bank nicht lange aus den Augen lassen, mussten aber den Eindruck erwecken, dass sie wieder weggingen. Denn möglicherweise beobachtete ihr Gegner bereits den Übergabeort.
Als sie nach gut hundert Metern um eine Kurve gingen, sagte Justus: »Alle wie besprochen auf ihre Plätze! Okay, Kollegen ... jetzt kommt's drauf an!«
»Schnappen wir ihn uns!«, sagte Peter.
Der Erste Detektiv nickte seinen Freunden zu und eilte zu dem Ort, den sie vorhin ausgekundschaftet hatten. Dazu nutzte er eine kleine Seitenstraße und rannte hinter den Häusern vorbei in den Park, was im Dunkeln nicht ganz ungefährlich war. Einmal stolperte er über eine Wurzel und fing sich gerade noch ab. In der Deckung eines breiten Baums bezog er schließlich Stellung, holte sein Nachtsichtgerät aus dem Rucksack und stellte es ein. Er konnte die Bank deutlich sehen. Die Kiste lag nach wie vor darauf.
Genau wie erhofft.
Während er auf den Mottenmann wartete, begann sein Magen zu knurren. Irgendwie kam es ihm vor, als wäre er den ganzen Tag nur hin und her gerannt oder gefahren. Wann hatte er eigentlich zuletzt etwas gegessen? Egal, davon durfte er sich nicht ablenken lassen. Er musste bei der Sache bleiben, obwohl er nicht damit rechnete, dass der Erpresser bei der Bank auftauchte.

Denn das wäre zu einfach.
Eine viel zu simple Falle für einen Verbrecher, der mit seiner Maskerade und seinem Terror gegen Mr Huntington eine Menge Einfallsreichtum bewiesen hatte.
Und genauso kam es auch. Der Mottenmann tauchte nicht auf.
Dafür vibrierte plötzlich Justus' Handy in der Hosentasche.
Er ging ran.
Es war Peter, der nicht wie seine beiden Freunde in der Nähe der Parkbank Stellung bezogen hatte, sondern an einem ganz anderen Ort.
»Er ist da! Ich verfolge ihn! Kommt her!«

Heilig

Peter hatte sich so auf die Lauer gelegt, dass er Mr Huntingtons Garten überschauen konnte, ohne selbst gesehen zu werden. Und nun geschah genau das, was sie gehofft hatten: Der Mottenmann tauchte nicht am Übergabeplatz, sondern bei ihrem Auftraggeber auf!

Die dunkle Gestalt kam von hinten auf das Grundstück und huschte durch den Garten, vorbei am zerschmetterten Gewächshaus und zum Wohnzimmerfenster.

Peter schlich weiter, zog sein Handy und tippte die Kurzwahl für Justus. »Er ist da! Ich verfolge ihn! Kommt her!«, wisperte er ins Telefon, legte auf und ließ es in der Hosentasche verschwinden.

Peter kam nahe genug, um im Licht der Straßenlaterne zu sehen, wie der Mottenmann einen Stein mit Wucht auf das Wohnzimmerfenster warf. Einen Stein, an dem ein Stück Papier festgebunden war.

Das Fenster zersplitterte unter dem Aufprall und der Stein flog ins Innere – zweifellos war daran eine weitere Erpresserbotschaft befestigt. So etwas wie »Niemand sollte die Übergabe beobachten! Niemand! Ich gebe dir noch eine Chance, Huntington!«. Oder eine vergleichbare Drohung.

Der Zweite Detektiv erreichte das Haus. Der Mottenmann entfernte sich bereits wieder. Die Flügel der finsteren Gestalt flatterten. Als diese sich kurz umblickte, sah Peter die rot glühenden Augen. Ein raffiniertes Kostüm, das musste er zugeben. Durch den Anblick abgelenkt, achtete Peter nicht genau

darauf, wo er hintrat. Ein Ast knackte unter seinem Fuß – und ein Ruck ging durch die Mottengestalt.
Verflixt!
Sie hatte Peter entdeckt!
»Weg mit dir!«, grollte die Gestalt … mit sehr dumpfer Stimme. Aber irgendwie klang es künstlich. Wahrscheinlich sprach ihr Gegner extra tief, um unheimlich zu wirken und seine Stimme zu verstellen. Konnte es die Stimme einer Frau sein? Durchaus möglich. Die von … Annabelle Wrightson?
Peter ließ sich durch die Worte jedenfalls nicht einschüchtern. Er rannte los.
Der Mottenmann zögerte ebenfalls keine Sekunde. Auch er hetzte los, zurück durch den Garten, am Gewächshaus vorbei, wo es dunkler wurde, weil das Laternenlicht dort kaum mehr hinreichte. Was war das? Stolperte die Gruselgestalt? Peter wollte sich schon freuen. Aber er hatte sich geirrt. Der Mottenmann lief weiter, zur Hecke und der kleinen Lücke, die auf den Weg hinter der Villa führte. Dorthin und bis zum Haus von Xenis Eltern hatten sie den Mottenmann schon einmal verfolgt.
Diesmal sollte er Peter nicht entkommen! Und falls er sich wirklich bei den Brankles versteckte, würde Peter diesmal nah genug dran sein, um das zu sehen!
Als er die Hecke ebenfalls erreichte, wollte er sich durch die Lücke drücken … und sah eine Sekunde zu spät die Harke, die quer vor dem Durchgang stand! Er rannte dagegen, stolperte, fiel hin und fing sich gerade noch mit beiden Händen ab. Die Harke hing ihm zwischen den Füßen und Peter krachte schmerzhaft auf.

Deshalb hatte sein Gegner am Gewächshaus gestockt – er hatte sich das Gartengerät geschnappt, um Peter diese Falle zu stellen!
Der Zweite Detektiv brauchte ein paar Sekunden, um sich von der Harke zu befreien und wieder aufzurappeln. Zeit, in der sich der Vorsprung des Mottenmanns vergrößerte.
Da hörte Peter Schritte hinter sich. Bob rannte auf ihn zu. »Wo ist er?«
»Hier durch, wie beim letzten Mal!« Peter sprintete los, Bob folgte und kurz darauf war auch Justus hinter ihnen.
Sie sahen die finstere Gestalt mindestens hundert Meter vor sich, nah bei der Villa von Xenis Familie.
Wollte er etwa tatsächlich dorthin? Konnte das Zufall sein, dass der Mottenmann wieder in diese Richtung flüchtete?
Der Zweite Detektiv war schneller als seine Freunde und der Zorn gab ihm zusätzlich Kraft. Sein Gegner eilte jedoch an der Einfahrt mit der Löwenstatue vorbei, danach in die kleine Querstraße. Peter war weniger als zehn Sekunden später dort, bog ab … und sah nichts mehr.
Hier war es einfach zu dunkel! Es gab keine Straßenlaterne in der Nähe. Der Mottenmann konnte sich überall in dunklen Winkeln verstecken. Oder durch irgendeinen Garten davonschleichen
Peter lauschte. Nirgends die Geräusche einer wegrennenden Person. Er tastete sich vorwärts. Und dann sprang schräg gegenüber knatternd ein Motor an! Autoreifen quietschten, ein Wagen schoss aus einer Parklücke und fuhr ohne Licht los. Er raste genau auf Peter zu, hupte dabei ständig.
Das Herz des Zweiten Detektivs schlug wie rasend. Er warf

sich zur Seite. Das Auto jagte an ihm vorbei. Als es um die Ecke bog, heulten die Bremsen auf.

Der Mottenmann hatte also einen Fluchtwagen passend in der Nähe geparkt. Und ihm war die Flucht gelungen!

Peter hörte Bob hinter sich fluchen. »Was ist?«, fragte der Zweite Detektiv.

»Er ist weg!«

»Ja. Aber ich weiß, mit wem wir es zu tun haben.«

»Was? Hast du etwa das Nummernschild gesehen? Es war viel zu dunkel und … na ja, dann wüsstest du auch nicht, wer …«

»Du hast das Auto erkannt«, sagte Justus. »Richtig?«

»Ich war ja nahe genug dran«, meinte Peter. »Ein wenig zu nah, wenn ihr mich fragt. Kollegen – es gibt tatsächlich keinen Mottenmann.«

Der Anführer der drei ??? räusperte sich. »Das war doch von Anfang an klar. Bist du beim Sturz auf den Kopf gefallen?«

»Nein, das meine ich nicht. Wir haben es tatsächlich mit einem Weibchen zu tun. Einer waschechten Motten*frau* … aber sie heißt nicht Annabelle! Keine Ahnung, warum die dich angelogen hat, Justus, aber sie ist nicht unsere Gegnerin.«

Inspektor Cotta war alles andere als erfreut, mitten in der Nacht aus dem Schlaf geklingelt zu werden. Als er Justus' Stimme hörte, besserte das seine Laune nicht. Erst als der Erste Detektiv sagte, dass sie ihm den Einbrecher und Schmuckdieb gewissermaßen auf dem Silbertablett servieren konnten, wurde er zugänglicher.

Es kostete den Polizisten nur ein paar Anrufe, die Adresse der Frau herauszufinden, die als Mottenmann bei Mr Huntington

und dessen Nachbarn für Aufregung sorgte. Die drei ??? trafen ihn kurz nach ein Uhr in der Nacht dort.
»Wenn ich euch nicht genau kennen würde, wäre ich nicht hier«, stellte Cotta klar.
»Sie können uns vertrauen«, versicherte Justus. »Ich muss gestehen, dass es diesmal Peter war, der die Identität der Täterin durchschaut hat. Alles passt wunderbar zusammen. Wirklich zufriedenstellend.« Er grinste den Zweiten Detektiv an.
Zu viert gingen sie zur Haustür. Hinter den Fenstern herrschte Dunkelheit, bei den meisten verbargen allerdings Rollläden den Blick hinein.
Inspektor Cotta klingelte.
Nichts tat sich.
Er drückte erneut die Klingel und gleich noch mal.
Im Obergeschoss ging ein Licht an und man hörte knarzende Treppenstufen. Auch hinter der Tür sprang eine Lampe an. Etwas Helligkeit schien durch ein kleines Glasviereck in der Tür. »Wer ist da?«, fragte eine Frauenstimme.
»Polizeidirektion Rocky Beach«, sagte Cotta. »Öffnen Sie bitte, Mrs Shore!«
Ein Schlüssel drehte sich im Schloss, dann schob sich die Tür ein paar Zentimeter auf. Franklyn Seymoures Krankenschwester lugte heraus. »Polizei? Wieso das? Kann ich Ihre Dienstmarke sehen?«
Der Inspektor tat ihr den Gefallen und forderte, ins Haus gelassen zu werden.
Liane Shore öffnete und sah jetzt erst die drei ??? bei dem Polizisten. Sie wurde blass. »Ihr habt das Auto erkannt, stimmt's?«, fragte sie.

Peter bestätigte. »Wir haben Sie damit bei Franklyn Seymoure ankommen sehen. Ein feuerroter Buick mit quietschenden Bremsen, älteres Modell. Und mit einem Mal fügten sich sämtliche Puzzleteile wunderbar zu einem Ganzen.«
Liane Shore lehnte sich gegen die Wand.
»Ihr scheint ja nun Bescheid zu wissen – ich nicht«, sagte Cotta. »Also, heraus mit der Sprache!«
»Mrs Shore ist Krankenpflegerin bei einem Alzheimer-Patienten. Mr Seymoure vergisst alles, hat nur selten einen lichten Moment. Manchmal aber redet er einfach vor sich hin und erinnert sich an bestimmte Dinge. Meistens stehen sie nicht im Zusammenhang mit dem, was vorher besprochen wurde. So haben Sie selbst es uns erzählt, Mrs Shore. Sie pflegen Mr Seymoure seit Jahren quasi rund um die Uhr, und irgendwann vor Kurzem hat er vermutlich davon gesprochen, wie sein Vater als junger Mann gemeinsam mit seinem Freund Jacob Huntington den Indianern von Port Hardy etwas Wertvolles gestohlen hat. Stimmt's?«
»Richtig«, gab Liane mit versteinerter Miene zu.
»Und dann haben Sie Mr Seymoures Schwäche eiskalt ausgenutzt ... und die von Mr Huntington gleich noch mit! Sie hörten, dass Jacob oder besser gesagt heute sein Sohn Mason Huntington das Diebesgut noch irgendwo versteckt haben muss.«
»Hm«, machte die Krankenschwester nur.
»Sie forschten nach und fanden heraus, dass Mr Huntington sehr abergläubisch ist, was den Mottenmann angeht – das Schreckgespenst seiner Kindheit. Also schmiedeten Sie den Plan, den alten Mann in Angst zu versetzen und ihn auf diese

Weise dazu zu bringen, dieses wertvolle Diebesgut herauszurücken. Er sollte so eingeschüchtert sein, dass er nicht mal auf die Idee kommt, die Polizei zu rufen.«

Die Krankenschwester gab zu, dass es genauso gelaufen war. Sie hatte zuerst das Gemälde mehrere Nächte zuvor bei einem Einbruch bei Mr Huntington abfotografiert und eine Kopie davon anfertigen und um den Mottenmann auf der Waldlichtung ergänzen lassen. »Der alte Mann sollte denken, der Mottenmann sei in seinem Wohnzimmer aufgetaucht und dann aus dem Bild gestiegen.« Sie lachte.

»Sie sind schon vor Tagen bei Mr Huntington eingebrochen?«

»Natürlich! Ich dachte, vielleicht finde ich das Diebesgut ja irgendwo im Haus. Aber es gab keinen Tresor oder so etwas, keinen Anhaltspunkt. Und ich wusste ja nicht, wonach genau ich suchen sollte. Nach einer Goldstatue? Diamanten? Also kam mir die Idee mit dem Mottenmann.«

Bob schüttelte den Kopf. »Sie haben sich diese Sache einiges kosten lassen. Die Kopie des Bildes ... das Kostüm ... der Flügel der Riesenmotte ... ein Riesenaufwand.«

»Er hätte sich gelohnt – wenn ihr nicht gewesen wärt! Aber ja, es hat mich viel gekostet. Zeit und Geld! Das originalgetreue Ölbild mit dem Mottenmann hat mir ein Künstler gemalt. Für 500 Dollar! Die Verkleidung war noch teurer.«

»Haben Sie deshalb beim Schmuck zugegriffen?«, fragte Justus.

»Klar! Wenn man schon die Gelegenheit hat ... und dieser dämliche Junge hat mich vorher dran gehindert, das wertvolle Gemälde bei den Andersons mitzunehmen. Stattdessen habe ich mir seinen lächerlichen Teddybären gegriffen!«

»Und wie war das bei dem Puppenwagen?«

»Dort konnte ich nicht einbrechen – kommt mir sowieso wie ein Wunder vor, dass die Leute hier so sorglos sind. Bei Huntington und den beiden anderen Häusern bin ich einfach so eingestiegen. Aber ich wollte wenigstens die Gelegenheit nutzen, dass das Mädchen mich gesehen hat. Darum habe ich den Puppenwagen angezündet – ein hübsches Unglück, das den alten Huntington noch weiter einschüchtern sollte! Ich hab die Gegend vorher beobachtet und mitbekommen, dass Huntington mit seinen Nachbarn gut befreundet ist und sie sich alles erzählen. Da war mir klar, dass sich die Unglücksfälle rasch herumsprechen würden. Und ohne euch hätte das geklappt! Huntington zitterte doch vor Angst! Er wäre bereit gewesen, alles zu tun, um sich und seine Nachbarn vor dem Unheil zu schützen. Dieser ganze Mottenmann-Kram, der war ihm heilig! Ich wusste, dass ich ihn da packen kann und er tun wird, was ich will. Huntingtons Gewächshaus habe ich nur zerschlagen, um ihn noch mehr einzuschüchtern.« Sie fluchte und wiederholte: »Ohne euch hätte es geklappt!«

»Fast«, widersprach Peter. »Mr Huntington hätte Ihnen die Artefakte nicht geben können, denn er wusste gar nicht, dass es sie gibt. Sein Vater hat ihm nie davon erzählt.«

Justus hob die Schultern. »Es geht um extrem wertvolle Obsidianscheiben. Aber das Rätsel, wo der verstorbene Jacob Huntington sie versteckt hat, ist momentan noch ungelöst, was zugegebenermaßen sehr unbefriedigend ist.«

»Ich glaube, dass ich das Rätsel lösen kann«, sagte Bob.

Seine Freunde starrten ihn verblüfft an. »Hast du etwa eine Idee?«

»In der Tat.« Der dritte Detektiv deutete auf die überführte Mrs Shore. »Dank Ihnen!«
Sie sah ihn verwundert an.
»Sie meinten eben, dass der … wie sagten Sie es … der Mottenmann-Kram für Mason Huntington heilig gewesen ist. Heilig! Und da ist mir etwas eingefallen, das Mr Huntington zu mir gesagt hat, als wir die alten Reisetagebücher suchten. Nämlich, dass sein Vater genau dieses Wort immer verwendet hat, aber für seine Tagebücher. Seine Tagebücher wären ihm heilig. Und die Obsidianscheiben sind auch heilig, sie stammen aus einem echten Heiligtum, dem indianischen Steine-Labyrinth.« Bob schnippte mit den Fingern. »Heilig zu heilig! Das ist der springende Punkt!«
»Ich verstehe immer noch nicht«, gab Peter zu.
»Ich zeige es euch.«
Während Inspektor Cotta die überführte Krankenschwester aufs Revier brachte, fuhren die drei ??? wieder zu ihrem Auftraggeber.
Unterwegs wagte es Justus, erneut bei Annabelle Wrightson anzurufen. Er wollte sie direkt mit ihrer Lüge konfrontieren. Auch wenn sie nun doch nicht mit ihrem Fall in Zusammenhang stand, wollte er die Wahrheit herausfinden. Dass es mitten in der Nacht war, war ihm dabei völlig egal.
Als er seinen Namen nannte, meinte sie: »Du schon wieder? Ist dir klar, wie spät es ist?«
»Angeblich für Sie ja etwa sechs Uhr morgens.«
»Was … wie …?«
»Ich weiß, dass Sie sich nicht in Boston aufhalten können, Mrs Wrightson.«

»Also … Wie kommst du …?«
»Sie sind an der Westküste.«
Die Frau schwieg kurz. Dann sagte sie ruhig: »Vorhin, als du angerufen hast, war ich erschrocken, dass du von dem Diebstahl wusstest, den mein Vater und Jacob damals begangen haben. Ich dachte, nur ich und mein Bruder wüssten davon – ein gut gehütetes Familiengeheimnis. Deshalb habe ich so wütend reagiert. Entschuldige bitte.«
»Gerne. Aber das erklärt noch nicht, wieso Sie mich angelogen haben, was Ihren Aufenthaltsort angeht.«
»Ist das wichtig?«
»Die Wahrheit ist immer wichtig. Ihr Mann hat mir erzählt, dass Sie in Boston in …«
»Sag ihm nichts. Ich … ich kläre das selbst mit ihm.«
»Was …«
»Vielleicht ist es gut, dass du nicht lockergelassen hast. Ich habe einen Liebhaber, Junge. Ich werde das mit meinem Mann klären. Es wird höchste Zeit.«
Das verschlug Justus kurz die Sprache. »Ich wünsche Ihnen alles Gute«, sagte er dann. Wer hätte gedacht, dass sie ganz nebenbei *noch* einen Fall zur Aufklärung bringen würden. Deshalb hatte sie auch den Namen der Kurklinik wie aus der Pistole geschossen nennen können – sie war auf diese Lüge, die eigentlich ihrem Ehemann galt, bestens vorbereitet gewesen.
Wenig später kamen sie bei der Villa von Mr Huntington an, der wegen der Aufregung noch wach war und kaum glauben konnte, was die drei ??? ihm über ihre Enttarnung des Mottenmanns berichteten. So gelöst und freudig hatten sie ihn noch nie gesehen – eine Zentnerlast fiel ihm von den Schultern.

Sie setzten sich ins Wohnzimmer. Die Splitter der zerschlagenen Fensterscheibe waren noch im Raum verstreut. Justus versprach, dass sie sich nachher darum kümmern würden.
Bob nahm eins der Tagebücher an sich, die nach wie vor auf dem Tisch lagen. »Die ganze Zeit über hatte ich sie in der Hand. Die Bücher. Jacobs Heiligtum … in dem er das aufbewahrte, was wirklich heilig war!« Er nestelte an dem Lederumschlag herum. Dieser war rundum zugenäht und ließ sich nicht einfach abnehmen, aber Bob löste ihn vorsichtig, indem er eine Kante auftrennte. Er griff in die Öffnung und zog triumphierend etwas ans Licht, das zwischen zwei Pappen im Umschlag versteckt gewesen war: eine flache Scheibe aus schwarzem Obsidian, mit Gold verziert!
Mr Huntington schüttelte den Kopf. »Das gibt es nicht!«
Es dauerte einige Minuten, bis sie alle Tagebücher untersucht und insgesamt acht Obsidianscheiben zutage gefördert hatten. Nur in demjenigen, das Jacob seinem Sohn schon zu Lebzeiten überlassen hatte, fand sich keine der Scheiben – aus diesem Grund hatte er es wohl auch nicht im Geheimversteck untergebracht. Es waren wunderschöne und extrem wertvolle Artefakte. Die Frau aus dem Museum in Port Hardy hatte gesagt, jedes sei mehr als 100.000 Dollar wert. Das hieß, auf dem Tisch lag fast eine Million …
Mr Huntington nahm eine Scheibe in die Hand und sah sie an wie ein Wunder.
»Was haben Sie damit vor?«, fragte Justus.
»Mein Vater hat sie gestohlen. Sie gehören nicht mir, sondern den Indianern von Port Hardy. Ich denke, ich bringe sie diesem Museum, von dem du erzählt hast. Am besten fahre ich

selbst dorthin – wie mein Vater damals. Vielleicht können die Museumsleute diese wundervollen Artefakte den Indianern zurückgeben.«

Bob nickte. »Eine sehr gute Idee!«

Mason Huntington sah entspannt und glücklich aus. »Aber vorher besuche ich meinen alten Freund Franklyn. Er kann sicher Hilfe gebrauchen, nun, da er seine Krankenschwester verloren hat ...«